TRANZLATY

Language is for everyone

भाषा सभी के लिए है

The Call of Cthulhu

कथुलु की पुकार

H.P. Lovecraft

एच.पी. लवक्राफ्ट

English

हिन्दी

www.tranzlaty.com

The Horror Made of Clay
मिट्टी से बना आतंक

There is one thing I find particularly merciful.
एक चीज़ है जो मुझे खास तौर पर दयालु लगती है।

The inability of the human mind to correlate events.
घटनाओं को आपस में जोड़ने में इंसानी दिमाग की नाकामी।

It's a blessing that we can't understand the world.
यह एक आशीर्वाद है कि हम दुनिया को समझ नहीं सकते।

We live blissfully on a placid island of ignorance.
हम अज्ञानता के एक शांत द्वीप पर खुशी से रहते हैं।

An island in the midst of black seas of infinity.
अनंत काले समुद्र के बीच एक द्वीप।

And it was not meant that we should voyage far.
और इसका मतलब यह नहीं था कि हमें दूर तक यात्रा करनी चाहिए।

The sciences each strain in their own directions.
हर विज्ञान अपनी-अपनी दिशा में आगे बढ़ता है।

But hitherto science's findings have harmed us little.
लेकिन अब तक विज्ञान की खोजों से हमें बहुत कम नुकसान हुआ है।

But some day dissociated knowledge will be pieced

together.
लेकिन किसी दिन अलग-अलग ज्ञान को एक साथ जोड़ दिया जाएगा।

Terrifying vistas of reality will open up to us.
असलियत के डरावने नज़ारे हमारे सामने खुलेंगे।

And we will be left in a frightful vantage point.
और हम एक डरावनी जगह पर रह जाएंगे।

We will either go mad from the revelation we are given.

या तो हम उस खुलासे से पागल हो जाएंगे जो हमें दिया गया है।

Or we will flee from the deadly light that we will see.
या फिर हम उस खतरनाक रोशनी से भाग जाएंगे जिसे हम देखेंगे।

We will run from the knowledge we had always pursued.
हम उस ज्ञान से भागेंगे जिसका हमने हमेशा पीछा किया था।

And we will seek the peace and safety of a new dark age.
और हम एक नए अंधेरे युग की शांति और सुरक्षा की तलाश करेंगे।

Theosophists have guessed at the scale of the cosmos.
थियोसोफिस्टों ने ब्रह्मांड के पैमाने का अनुमान लगाया है।

Our world is but a transient incident in this cycle.
हमारी दुनिया इस चक्र में बस एक क्षणिक घटना है।

The human race plays but a little role in the universe.
ब्रह्मांड में मानव जाति की भूमिका बहुत छोटी है।

The theosophists have hinted at strange methods of survival.
थियोसोफिस्टों ने ज़िंदा रहने के अजीब तरीकों का इशारा किया है।

But their suggestions would freeze a rational man's blood.
लेकिन उनके सुझाव एक समझदार आदमी का खून जमा देंगे।

Only the optimism of their ideas hides the horror.
सिर्फ़ उनके आइडियाज़ का पॉजिटिव होना ही डर को छिपाता है।

But it is not their ideas that chill me the most.
लेकिन उनके विचार मुझे सबसे ज़्यादा परेशान नहीं करते।

It is something else that fills me with terror.
यह कुछ और है जो मुझे डर से भर देता है।

The single glimpse of forbidden eons I have seen.
मैंने वर्जित युगों की एकमात्र झलक देखी है।

When I think of what I saw my blood stands still.
जब मैं सोचता हूं कि मैंने क्या देखा तो मेरा खून खड़ा हो जाता है।

Restlessness plagues my dreams since that glimpse.
उस झलक के बाद से मेरे सपनों में बेचैनी रहती है।

It came to me like all dreaded glimpses of truth.
यह मुझे सच की डरावनी झलक की तरह लगा।

An accidental piecing together of separated things.
अलग-अलग चीज़ों का अचानक से जुड़ना।

An old newspaper item and the notes of a dead professor.
एक पुराना अखबार और एक मरे हुए प्रोफेसर के नोट्स।

In a flash everything was pieced together before me.
एक झटके में मेरे सामने सब कुछ जुड़ गया।

I hope no one else will accomplish this terrible insight.
मुझे उम्मीद है कि कोई और यह भयानक समझ हासिल नहीं कर पाएगा।

Certainly, if I live, I shall never help anyone to know it.
ज़रूर, अगर मैं ज़िंदा रहा, तो मैं कभी किसी को यह जानने में मदद नहीं कर पाऊँगा।

I shall never knowingly supply a link in so hideous a chain.
मैं कभी भी जानबूझकर इतनी भयानक चेन में कोई कड़ी नहीं लगाऊंगा।

I think that the professor, too, intended to keep silent.
मुझे लगता है कि प्रोफेसर भी चुप रहना चाहते थे।

He didn't mean to share the secrets that he knew.
उसका मतलब उन सीक्रेट्स को शेयर करना नहीं था जो वह जानता था।

And I'm sure he would have destroyed his notes.
और मुझे यकीन है कि उसने अपने नोट्स नष्ट कर दिए होंगे।

If he had not been seized by sudden and suspicious death.
अगर उनकी अचानक और संदिग्ध मौत न हुई होती।

***

My knowledge of the thing began in the winter of 1926-27.
इस चीज़ के बारे में मेरी जानकारी 1926-27 की सर्दियों में शुरू हुई।

My great-uncle was the professor George Gammell Angell.
मेरे परदादा प्रोफेसर जॉर्ज गैमेल एंजेल थे।

He was the Professor Emeritus of Semitic languages.
वह सेमिटिक भाषाओं के प्रोफेसर एमेरिटस थे।

He lectured in Brown University, Providence, Rhode Island.
उन्होंने ब्राउन यूनिवर्सिटी, प्रोविडेंस, रोड आइलैंड में लेक्चर दिया।

His death, at the age of ninety-two, triggered the event.
बानवे साल की उम्र में उनकी मौत ने इस घटना को शुरू कर दिया।

He was widely known as an authority on ancient
inscriptions.
उन्हें पुराने शिलालेखों के जानकार के तौर पर जाना जाता था।

Heads of prominent museums came to him for his expertise.
बड़े-बड़े म्यूज़ियम के हेड उनकी एक्सपर्टीज़ के लिए उनके पास आते थे।

So his death was noticed by many within academic circles.
इसलिए उनकी मौत पर एकेडमिक सर्कल में कई लोगों का ध्यान गया।

Interest was intensified by the obscurity of his death.
उनकी मौत की जानकारी न होने से दिलचस्पी और बढ़ गई।

It occurred as he was disembarking from the Newport boat.
यह घटना तब हुई जब वह न्यूपोर्ट बोट से उतर रहे थे।

Witnesses say a dark nautical-looking fellow had jostled
him.
गवाहों का कहना है कि एक गहरे रंग के समुद्री दिखने वाले आदमी ने उसे
धक्का दिया था।

After being stricken, he fell suddenly, witnesses say.

गवाहों का कहना है कि चोट लगने के बाद वह अचानक गिर गया।

Physicians were unable to find any visible disorder.
डॉक्टरों को कोई दिखने वाली बीमारी नहीं मिली।

After some perplexed debate they reached their conclusion.
कुछ उलझन भरी बहस के बाद वे अपने नतीजे पर पहुँचे।

"It must have been a lesion of the heart," they agreed.
वे सहमत हुए, "यह दिल का घाव रहा होगा।"

"After all, he was rather an elderly man," they added.
उन्होंने कहा, "आखिरकार, वह एक बुजुर्ग आदमी थे।"

"the brisk ascent of the steep hill caused his end."
"खड़ी पहाड़ी पर तेज़ चढ़ाई की वजह से उसकी मौत हो गई।"

At the time I saw no reason to dissent from this dictum.
उस समय मुझे इस बात से असहमत होने का कोई कारण नहीं दिखा।

But latterly I am inclined to wonder about their conclusion.
लेकिन बाद में मुझे उनके नतीजे के बारे में हैरानी होने लगी।

And I do more than just wonder if they were right.
और मैं सिर्फ़ यह नहीं सोचता कि क्या वे सही थे।

***

My grand-uncle died alone as a childless widower.
मेरे दादाजी बिना बच्चों के विधुर के रूप में अकेले मर गए।

And so I became heir and executor to his possessions.
और इसलिए मैं उनकी संपत्ति का वारिस और एग्ज़ीक्यूटर बन गया।

So I was expected to go over his papers and writings.
इसलिए मुझसे उम्मीद की जाती थी कि मैं उनके पेपर्स और राइटिंग्स को देखूँ।

I moved his entire set of files and boxes to my Boston home.
मैंने उनकी सारी फाइलें और बक्से अपने बोस्टन वाले घर में रख लिए।

Much of the materials I collected will later be published.
मैंने जो ज़्यादातर मटीरियल इकट्ठा किया है, उसे बाद में पब्लिश किया जाएगा।

Many academics in his field took great interest in his work.
उनके फील्ड के कई एकेडेमिक्स ने उनके काम में बहुत दिलचस्पी ली।

The American archeological society relied on him greatly.
अमेरिकी आर्कियोलॉजिकल सोसायटी उन पर बहुत भरोसा करती थी।

But there was one box which I found exceedingly puzzling.
लेकिन एक बॉक्स ऐसा था जो मुझे बहुत ज़्यादा हैरान करने वाला लगा।

I felt much averse from showing these files to other eyes.
मुझे इन फ़ाइलों को दूसरों को दिखाने में बहुत अरुचि महसूस हुई।

The box had been locked, unlike the other boxes.
दूसरे बक्सों के विपरीत, यह बक्सा बंद था।

And initially I found no key that would open this box.
और शुरू में मुझे कोई चाबी नहीं मिली जिससे यह बॉक्स खुल सके।

But then the location of the key occurred to me.
लेकिन फिर मुझे चाबी की जगह का ध्यान आया।

The professor always carried a keyring in his pocket.
प्रोफेसर हमेशा अपनी जेब में एक चाबी का छल्ला रखते थे।

It was indeed one of these keys that opened the box.
यह सच में इन्हीं चाबियों में से एक थी जिसने बॉक्स खोला।

But in the box was a still more closely locked barrier.
लेकिन बॉक्स में एक और भी ज़्यादा कसकर बंद बैरियर था।

What could be the meaning of the queer bas-relief?
क्वीर बेस-रिलीफ का क्या मतलब हो सकता है?

Various paper cuttings accompanied the bas-relief.

बेस-रिलीफ के साथ अलग-अलग पेपर कटिंग भी थीं।

What did the disjointed jottings and ramblings allude to?
ये बिखरी हुई बातें और बकवास किस बात की ओर इशारा कर रही थीं?

Had my uncle become credulous to superficial impostures?
क्या मेरे चाचा ऊपरी दिखावे पर भरोसा करने लगे थे?

Perhaps in his later years his criticalness thought slowed.
शायद बाद के सालों में उनकी क्रिटिकलनेस धीमी हो गई।

Someone had disturbed this old man's peace of mind.
किसी ने इस बूढ़े आदमी की मन की शांति भंग कर दी थी।

And so I resolved to locate the eccentric sculptor.
और इसलिए मैंने उस अजीब मूर्तिकार को ढूंढने का फैसला किया।

The man who set in motion my uncle's strange obsession.
वह आदमी जिसने मेरे चाचा के अजीब जुनून को शुरू किया।

***

The bas-relief was roughly shaped like a rectangle.
बेस-रिलीफ का आकार लगभग एक रेक्टेंगल जैसा था।

The rectangular shape was less than an inch thick.
रेक्टेंगुलर आकार एक इंच से भी कम मोटा था।

And the bas-relief was about five by six inches in area.
और बेस-रिलीफ का एरिया लगभग पांच गुणा छह इंच था।

It was obvious that the bas-relief was of modern origin.
यह साफ़ था कि बेस-रिलीफ़ मॉडर्न ओरिजिन का था।

The designs, however, were far from modern in atmosphere.
हालाँकि, ये डिज़ाइन मॉडर्न माहौल से कोसों दूर थे।

The inscriptions suggested a far older civilization.

शिलालेखों से पता चलता है कि यह बहुत पुरानी सभ्यता है।

The vagaries of cubism and futurism were many and wild.
क्यूबिज़्म और फ्यूचरिज़्म की अनिश्चितताएँ बहुत ज़्यादा और बेकाबू थीं।

But normally such patterns fail to produce regularity.
लेकिन आम तौर पर ऐसे पैटर्न रेगुलरिटी लाने में फेल हो जाते हैं।

The cryptic regularity which lurks in prehistoric writing.
वह रहस्यमयी रेगुलैरिटी जो प्रीहिस्टोरिक राइटिंग में छिपी हुई है।

This regularity was certainly present in the bas-relief.
यह रेगुलैरिटी बेस-रिलीफ में ज़रूर मौजूद थी।

I was certain the inscriptions represented a writing system.
मुझे यकीन था कि ये लिखावट एक लिखने के सिस्टम को दिखाती है।

I had some familiarity with the papers of my uncle.
मुझे अपने चाचा के पेपर्स के बारे में कुछ जानकारी थी।

And I had looked through all of his collections and works.
और मैंने उनके सारे कलेक्शन और काम देखे थे।

But I failed to find any writing that was similar.
लेकिन मुझे ऐसा कोई लेख नहीं मिला जो मिलता-जुलता हो।

I could not geographically place this alphabet in any way.
मैं इस अल्फाबेट को किसी भी तरह से ज्योग्राफिकली जगह नहीं दे पाया।

Nor could I guess from what time this writing came from.
न ही मैं यह अंदाज़ा लगा सका कि यह लेख किस समय का है।

Above these apparent hieroglyphics there was a figure.
इन साफ़ हाइरोग्लिफ़िक्स के ऊपर एक आकृति थी।

The figure was evidently only of pictorial intent.
साफ़ है कि यह चित्र सिर्फ़ तस्वीर के लिए था।

The impressionism of the picture added to the mystery.
तस्वीर के इंप्रेशनिज़्म ने रहस्य को और बढ़ा दिया।

No clear idea of the creature's nature could be discerned.
जीव के स्वभाव के बारे में कोई साफ़ जानकारी नहीं मिल सकी।

The creature seemed to be a monster, of some sort.
वह जीव किसी तरह का राक्षस लग रहा था।

Or the symbol represented a monster, of some sort.
या यह निशान किसी तरह के राक्षस को दिखाता था।

Only a diseased mind could conceive of such a form.
केवल एक बीमार दिमाग ही ऐसे रूप की कल्पना कर सकता है।

My imagination yielded different pictures simultaneously.
मेरी कल्पना ने एक ही समय में अलग-अलग तस्वीरें बनाईं।

But my imagination may also be somewhat extravagant.
लेकिन मेरी कल्पना भी कुछ हद तक असाधारण हो सकती है।

An octopus, a dragon, and also a human caricature.
एक ऑक्टोपस, एक ड्रैगन, और एक इंसान का कैरिकेचर भी।

I shall try not be unfaithful to the spirit of the thing.
मैं कोशिश करूँगा कि इस चीज़ की भावना के साथ धोखा न करूँ।

A pulpy, tentacled head surmounted a scaly body.
एक गूदेदार, तंतुओं वाला सिर एक पपड़ीदार शरीर के ऊपर था।

Rudimentary wings protruded from the grotesque shape.
अजीब आकार से छोटे-छोटे पंख बाहर निकले हुए थे।

But the shape of the monster wasn't even the worst part.
लेकिन मॉन्स्टर का आकार भी सबसे बुरा हिस्सा नहीं था।

The background of the picture was even more frightening.
तस्वीर का बैकग्राउंड और भी डरावना था।

The scenery had a vague suggestion of another civilization.
नज़ारे से किसी दूसरी सभ्यता का धुंधला सा एहसास हो रहा था।

Cyclopean architecture from a forgotten part of the world.

दुनिया के एक भूले हुए हिस्से से साइक्लोपियन आर्किटेक्चर।

***

Only some notes and press cuttings accompanied the oddity.
इस अजीब चीज़ के साथ सिर्फ़ कुछ नोट्स और प्रेस कटिंग्स थीं।

The press cuttings seemed to be only vaguely related.
प्रेस कटिंग्स का आपस में थोड़ा-बहुत ही संबंध लग रहा था।

The hand written notes were all from my uncle.
हाथ से लिखे सारे नोट्स मेरे चाचा के थे।

But his notes made no pretense to any literary style.
लेकिन उनके नोट्स में किसी लिटरेरी स्टाइल का कोई दिखावा नहीं था।

There was no ordering mechanism to any of the papers.
किसी भी पेपर के लिए कोई ऑर्डरिंग मैकेनिज्म नहीं था।

Although there seemed to be a master document to the
notes.
हालांकि ऐसा लग रहा था कि नोट्स के लिए एक मास्टर डॉक्यूमेंट था।

This document was ascribed to the cult of Cthulhu
इस डॉक्यूमेंट को कथुलु के पंथ से जोड़ा गया था

The word's letters had been painstakingly written out.
शब्द के अक्षर बहुत मेहनत से लिखे गए थे।

There should be no erroneous reading of the unheard of
word.
अनजान शब्द का गलत मतलब नहीं निकालना चाहिए ।

This Cthulhu manuscript was divided into two sections;
इस कथुलु पांडुलिपि को दो खंडों में विभाजित किया गया था;

The first manuscript was titled the following:

पहली मैन्युस्क्रिप्ट का टाइटल यह था:

"1925 - Dream and Dream Work of H. A. Wilcox"
"1925 - एचए विलकॉक्स का सपना और सपनों जैसा काम"

"7 Thomas St., Providence, Road Island"
"7 थॉमस स्ट्रीट, प्रोविडेंस, रोड आइलैंड"

And the second manuscript was titled the following:
और दूसरी मैन्युस्क्रिप्ट का टाइटल यह था:

"Narrative of Inspector John R. Legrasse"
"इंस्पेक्टर जॉन आर. लेग्रास की कहानी "

"121 Bienville St., New Orleans, 1908 Meetings."
"121 बिएनविले सेंट, न्यू ऑरलियन्स, 1908 मीटिंग्स।"

"Notes on Same, & Prof. Webb's account of events"
"नोट्स ऑन सेम, और प्रो. वेब का घटनाओं का विवरण"

The other manuscript papers were all brief notes.
बाकी मैन्युस्क्रिप्ट पेपर्स सभी छोटे नोट्स थे।

Some manuscripts described the queer dreams of different persons.
कुछ मैन्युस्क्रिप्ट्स में अलग-अलग लोगों के अजीब सपनों के बारे में बताया गया है।

Some manuscripts cited from theosophical books and magazines.
कुछ मैन्युस्क्रिप्ट्स थियोसोफिकल किताबों और मैगज़ीन से लिए गए हैं।

Notably, most of these citations were from W. Scott-Eliott.
खास बात यह है कि इनमें से ज़्यादातर साइटेशन डब्ल्यू. स्कॉट-एलियट के थे।

Mainly the notes referenced Atlantis and the Lost Lemuria.
मुख्य रूप से नोट्स में अटलांटिस और लॉस्ट लेमुरिया का ज़िक्र था।

The other notes commented on long-surviving secret societies.
दूसरे नोट्स में लंबे समय से चल रहे सीक्रेट सोसाइटीज़ पर कमेंट किया गया था।

Hidden cults that may or may not still exist somewhere.
छिपे हुए पंथ जो कहीं न कहीं अभी भी मौजूद हो सकते हैं या नहीं भी हो सकते हैं।

Two books seemed to provide most of the information;
ऐसा लगता है कि दो पुस्तकों में अधिकांश जानकारी उपलब्ध है;

Miss Murray's Witch-Cult in Western Europe.
पश्चिमी यूरोप में मिस मरे का डायन-पंथ।

This book thoroughly detailed Mythological sources.
इस किताब में पौराणिक सोर्स के बारे में पूरी जानकारी दी गई है।

And Frazer's Golden Bough provided anthropological sources.
और फ़्रेज़र की गोल्डन बो ने एंथ्रोपोलॉजिकल सोर्स दिए।

***

The cuttings largely alluded to outré mental illnesses.
कटिंग में ज़्यादातर गंभीर मानसिक बीमारियों का ज़िक्र था।

Outbreaks of group folly and mania in the spring of 1925.
1925 के वसंत में ग्रुप फॉली और मेनिया का प्रकोप।

The first half of the manuscript told a very peculiar tale.
मैन्युस्क्रिप्ट के पहले आधे हिस्से में एक बहुत ही अजीब कहानी बताई गई है।

1925, the 1st of March, a thin dark young man came to my uncle.

1925, 1 मार्च को एक दुबला-पतला, सांवला नौजवान मेरे चाचा के पास आया।

The manuscript describes his neurotic and excited aspect.
मैन्युस्क्रिप्ट में उनके न्यूरोटिक और एक्साइटेड पहलू के बारे में बताया गया है।

And he bore with him the strange bas-relief.
और वह अपने साथ अजीब बेस-रिलीफ ले गया।

At that time the bas-relief was exceedingly damp and fresh.
उस समय बेस-रिलीफ बहुत ज़्यादा नम और ताज़ा था।

His card bore the name of Henry Anthony Wilcox.
उनके कार्ड पर हेनरी एंथनी विलकॉक्स का नाम लिखा था।

And my uncle had slightly recognized who he was.
और मेरे चाचा को थोड़ा-बहुत पता चल गया था कि वह कौन है।

He was the youngest son of an excellent family.
वह एक अच्छे परिवार का सबसे छोटा बेटा था।

Latterly he had been studying sculpture at Rhode Island.
बाद में वह रोड आइलैंड में मूर्तिकला की पढ़ाई कर रहे थे।

He lived alone at the Fleur-de-Lys Building.
वह फ्लेउर-डी-लिस बिल्डिंग में अकेले रहते थे।

His residences were near the university.
उनके घर यूनिवर्सिटी के पास थे।

Wilcox was a precocious youth of known genius.
विलकॉक्स एक बहुत होशियार नौजवान था और उसमें बहुत टैलेंट था।

But he was also known for his great eccentricity.
लेकिन वह अपनी अजीब हरकतों के लिए भी जाने जाते थे।

From childhood he had excited the attention of others.
बचपन से ही उसने दूसरों का ध्यान अपनी ओर खींचा था।

He told of strange stories no one had told him about.

उन्होंने ऐसी अजीब कहानियाँ सुनाई जो किसी ने उन्हें नहीं बताई थीं।

And he was in the habit of relating strange dreams.
और उसे अजीब सपने सुनाने की आदत थी।

He described himself as "psychically hypersensitive".
उन्होंने खुद को "साइकिकली हाइपरसेंसिटिव" बताया।

But those around him had other descriptions for him.
लेकिन उसके आस-पास के लोगों के मन में उसके बारे में कुछ और ही बातें थीं।

They were staid folk of the ancient commercial city.
वे पुराने कमर्शियल शहर के पक्के लोग थे।

And they dismissed him as merely strange and "queer".
और उन्होंने उसे सिर्फ़ अजीब और "क्वीर" कहकर खारिज कर दिया।

And so he never mingled much with his kind.
और इसलिए वह कभी भी अपने जैसे लोगों के साथ ज़्यादा घुलता-मिलता नहीं था।

And he had dropped gradually from social visibility.
और वह धीरे-धीरे सोशल विज़िबिलिटी से गायब हो गया था।

Now he is known only to a small group of esthetes.
अब उन्हें सिर्फ़ एस्थेट्स के एक छोटे से ग्रुप में ही जाना जाता है।

And those who knew him came mostly from other towns.
और जो लोग उसे जानते थे वे ज़्यादातर दूसरे शहरों से आए थे।

Even the Providence art club had found him quite hopeless.
यहां तक कि प्रोविडेंस आर्ट क्लब ने भी उसे काफी निराशाजनक पाया था।

Of course they were anxious to preserve their conservatism.
बेशक वे अपनी रूढ़ीवादी सोच को बनाए रखने के लिए बेचैन थे।

***

The professor's manuscript continued to describe the visit.
प्रोफेसर की मैन्युस्क्रिप्ट में विज़िट के बारे में बताया गया था।

The sculptor abruptly asked for his host's archeological knowledge.
मूर्तिकार ने अचानक अपने मेज़बान से आर्कियोलॉजिकल ज्ञान के बारे में पूछा।

He wanted him to identify the hieroglyphics on the bas-relief.
वह चाहते थे कि वह बेस-रिलीफ पर हाइरोग्लिफ़िक्स को पहचाने।

He spoke in a dreamy and rather stilted manner.
वह सपनों जैसे और कुछ अटपटे अंदाज़ में बोल रहा था।

His speech suggested pose and alienated sympathy.
उनके भाषण में दिखावा और अलग-थलग सहानुभूति का भाव था।

And my uncle showed some sharpness in his reply.
और मेरे चाचा ने अपने जवाब में कुछ तेज़ी दिखाई।

Because the bas-relief was still conspicuously freshness.
क्योंकि बेस-रिलीफ में अभी भी साफ़ तौर पर ताज़गी थी।

So there was no need for any kinship with archeology.
इसलिए आर्कियोलॉजी के साथ किसी भी तरह के रिश्ते की ज़रूरत नहीं थी।

Young Wilcox's rejoinder was of a fantastically poetic cast.
यंग विलकॉक्स का जवाब बहुत ही शानदार और काव्यात्मक था।

My uncle must have been impressed with the reply.
मेरे चाचा ज़रूर जवाब से इम्प्रेस हुए होंगे।

And he recorded the reply of Wilcox verbatim.
और उन्होंने विलकॉक्स का जवाब हूबहू रिकॉर्ड कर लिया।

"The bas-relief is indeed still conspicuously fresh."
"बेस-रिलीफ सच में अभी भी साफ़ तौर पर ताज़ा है।"

"Because I made this bas-relief last night, after a dream."

"क्योंकि मैंने कल रात एक सपने के बाद यह बेस-रिलीफ बनाया था।"

"A dream of strange cities and stranger people."
"अजीब शहरों और अजीब लोगों का सपना।"

"And dreams are older than brooding Tyros."
"और सपने परेशान टायरोस से भी पुराने हैं।"

"Dreams are older than the contemplative Sphinx."
"सपने सोचने वाले स्फिंक्स से भी पुराने हैं।"

"And dreams are older than the garden-girdled Babylon."
"और सपने बगीचे से घिरे बेबीलोन से भी पुराने हैं।"

This type of speech turned out to be characteristic of him.
इस तरह की बातें उनकी खासियत बन गईं।

It was then that he began that rambling tale.
तभी उसने वह बेमतलब की कहानी शुरू की।

The tale which suddenly played upon a sleeping memory.
वह कहानी जो अचानक सोई हुई याददाश्त पर छा गई।

The tale that won the fevered interest of my uncle.
वह कहानी जिसने मेरे चाचा की दिलचस्पी जगा दी।

***

There had been a slight earthquake tremor the night before.
पिछली रात हल्का भूकंप का झटका आया था।

The most considerable tremor New England had felt for

some years.
न्यू इंग्लैंड ने कुछ सालों में यह सबसे बड़ा झटका महसूस किया था।

Wilcox's imagination had been keenly affected by the

earthquake.

भूकंप से विलकॉक्स की कल्पना पर बहुत असर पड़ा था।

He had had an unprecedented dream of great Cyclopean cities.
उन्होंने बड़े साइक्लोपियन शहरों का एक अनोखा सपना देखा था।

He dreamed of Titan blocks and sky-flung monoliths.
उसने टाइटन ब्लॉक और आसमान में फैले मोनोलिथ का सपना देखा।

All the architecture was dripping with green ooze.
सारी बनावट हरे रंग की कीचड़ से टपक रही थी।

And his dreams were sinister with latent horror.
और उसके सपने छिपे हुए डरावने और डरावने थे।

Hieroglyphics had covered the walls and pillars.
दीवारों और खंभों पर चित्रलिपि लिखी हुई थी।

From somewhere underneath there came a sound.
कहीं नीचे से एक आवाज़ आई।

The sound was of a voice, but it was not a voice.
आवाज़ तो आवाज़ की थी, लेकिन वह आवाज़ नहीं थी।

A chaotic sensation which only fancy could transmute into sound.
एक अजीब सी सनसनी जिसे सिर्फ़ कल्पना ही आवाज़ में बदल सकती है।

He attempted to say the almost unpronounceable word.
उसने लगभग न बोलने लायक शब्द बोलने की कोशिश की।

A jumble of unlikely letters; "Cthulhu fhtagn".
अजीब अक्षरों का एक मिश्रण; "कथुलु फ़तागिन".

This verbal jumble was the key to my uncle's recollection.
यह शब्दों की उलझन मेरे चाचा की याददाश्त की चाबी थी।

This strange sound excited and disturbed Professor Angell.

इस अजीब आवाज़ ने प्रोफेसर एंजेल को उत्साहित और परेशान कर दिया।

He questioned the sculptor with scientific minuteness.
उन्होंने मूर्तिकार से वैज्ञानिक बारीकी से सवाल पूछे।

He studied the bas-relief with almost frantic intensity.
उन्होंने बेस-रिलीफ को लगभग पागलों की तरह ध्यान से पढ़ा।

My uncle blamed his old age, Wilcox afterward said.
विलकॉक्स ने बाद में कहा, मेरे चाचा ने अपनी बुढ़ापे को दोष दिया।

In his younger days he would have recognized the

hieroglyphics.
अपनी जवानी के दिनों में वह चित्रलिपि को पहचान लेते थे।

The pictorial design wouldn't have puzzled his sharper

mind.
तस्वीरों वाला डिज़ाइन उसके तेज़ दिमाग को हैरान नहीं कर पाता।

Many of his questions seemed highly out of place to his

visitor.
उनके कई सवाल उनके विज़िटर को बहुत अजीब लगे।

He tried to connect him to strange mythological cults.
उन्होंने उसे अजीब पौराणिक पंथों से जोड़ने की कोशिश की।

He tried to get him to admit affiliation to secret societies.
उसने उससे सीक्रेट सोसाइटी से जुड़ाव कबूल करवाने की कोशिश की।

My uncle even promised to keep his visitor's secret.
मेरे चाचा ने तो अपने विज़िटर का राज़ रखने का भी वादा किया।

"Are you not part of a widespread mystical group?"
"क्या आप एक बड़े रहस्यमय ग्रुप का हिस्सा नहीं हैं?"

"Are you not a member of a paganly religious body?"
"क्या आप किसी मूर्तिपूजक धार्मिक संस्था के सदस्य नहीं हैं?"

Eventually he became convinced the sculptor wasn't a member.

आखिरकार उन्हें यकीन हो गया कि मूर्तिकार सदस्य नहीं था।

He was indeed ignorant of any cult or system of cryptic lore.

असल में वह किसी भी पंथ या रहस्यमयी विद्या के सिस्टम से अनजान था।

He besieged his visitor with demands for future reports of dreams.

उन्होंने अपने विज़िटर को सपनों की भविष्य की रिपोर्ट की मांगों से घेर लिया।

This strange request bore regular and interesting fruit.

इस अजीब रिक्वेस्ट से रेगुलर और दिलचस्प नतीजे मिले।

***

After the first interview the manuscript records daily calls.

पहले इंटरव्यू के बाद मैन्युस्क्रिप्ट में रोज़ाना की कॉल्स रिकॉर्ड की जाती हैं।

He related startling fragments of nocturnal imagery.

उन्होंने रात की तस्वीरों के चौंकाने वाले हिस्से बताए।

There were always the same themes in his dreams.

उनके सपनों में हमेशा एक ही थीम होती थी।

A terrible Cyclopean vista of dark and dripping stone.

अंधेरे और टपकते पत्थरों का एक भयानक साइक्लोपियन नज़ारा।

A subterranean voice or intelligence shouting monotonously.

एक गहरी आवाज़ या खुफिया जानकारी जो एकरसता से चिल्ला रही है।

Two sounds seemed to repeat themselves in his dreams.

उसके सपनों में दो आवाज़ें बार-बार आ रही थीं।

But these sounds were as enigmatic as the other sounds.

लेकिन ये आवाज़ें भी दूसरी आवाज़ों की तरह ही रहस्यमयी थीं।

The sounds can only be rendered by the letters "Cthulhu"

and "R'lyeh".
आवाज़ें सिर्फ़ "कथुलू" और "आर'ल्येह" अक्षरों से ही सुनाई जा सकती हैं।

On March 23rd, the manuscript continued, Wilcox failed to

come.
मैन्युस्क्रिप्ट में आगे कहा गया कि 23 मार्च को विलकॉक्स नहीं आया।

My uncle made inquiries at the quarters of his whereabouts.
मेरे चाचा ने उसके ठिकाने के बारे में पूछताछ की।

That night he had been stricken with an obscure sort of

fever.
उस रात उसे एक अजीब तरह का बुखार हो गया था।

And he was taken to the home of his family in Waterman

Street.
और उन्हें वॉटरमैन स्ट्रीट में उनके परिवार के घर ले जाया गया।

That night he had cried out in one of his dreams.
उस रात वह सपने में चिल्लाया था।

His cries aroused several other artists in the building.
उसकी चीख़ों से बिल्डिंग में मौजूद कई दूसरे कलाकार भी जाग गए।

And he was between alternations of unconsciousness and

delirium.
और वह बेहोशी और पागलपन के बीच था।

My uncle at once telephoned the family of Wilcox.
मेरे चाचा ने तुरंत विलकॉक्स के परिवार को फोन किया।

And from that time forward he kept close watch of the case.
और उस समय से उन्होंने मामले पर कड़ी नज़र रखी।

He called often at the Thayer Street office of Dr. Tobey.
वह अक्सर डॉ. टोबे के थायर स्ट्रीट ऑफिस में जाते थे।

Dr. Tobey was in charge of the patient's condition.
डॉ. टोबे मरीज़ की हालत के इंचार्ज थे।

The youth's febrile mind was dwelling on strange things.
युवक का बेचैन मन अजीब-अजीब बातें सोच रहा था।

The doctor shuddered now and then as he spoke of the dreams.
सपनों के बारे में बात करते हुए डॉक्टर कभी-कभी कांप उठते थे।

The dreams repeated a lot of the earlier themes.
सपनों में पहले की कई थीम दोहराई गईं।

But now his dreams made mention of something new.
लेकिन अब उसके सपनों में कुछ नया होने का ज़िक्र था।

A gigantic thing "a miles high" which walked, or lumbered about.
एक बहुत बड़ी चीज़ "एक मील ऊंची" जो चलती थी, या धीरे-धीरे चलती थी।

He at no time fully described this object in any detail.
उन्होंने कभी भी इस चीज़ के बारे में पूरी डिटेल में नहीं बताया।

But Dr. Tobey relayed the frantic words of his patient.
लेकिन डॉ. टोबे ने अपने मरीज़ की घबराहट भरी बातें दोहराईं।

And the professor became increasingly certain of what it was.
और प्रोफेसर को पक्का यकीन हो गया कि यह क्या था।

The nameless monstrosity he had sought to depict in his sculpture.
वह बेनाम राक्षसी चीज़ जिसे वह अपनी मूर्ति में दिखाना चाहता था।

The doctor had mentioned the bas-relief he had made.
डॉक्टर ने अपने बनाए बेस-रिलीफ के बारे में बताया था।

This mention preludes the young man's subsidence into lethargy.
यह ज़िक्र उस जवान आदमी के सुस्ती में डूबने का संकेत देता है।

His temperature, oddly enough, was not greatly above normal.
अजीब बात है कि उसका टेम्परेचर नॉर्मल से ज़्यादा नहीं था।

But his general condition suggested he was in a fever.
लेकिन उनकी सामान्य हालत से पता चल रहा था कि उन्हें बुखार है।

A fever, as opposed to being in the grasp of a mental disorder.
बुखार, किसी मेंटल डिसऑर्डर की चपेट में आने के उलट।

***

On April 2nd at about 3 p.m. the fever came to an end.
2 अप्रैल को दोपहर करीब 3 बजे बुखार खत्म हो गया।

Every trace of Wilcox's malady suddenly ceased.
विलकॉक्स की बीमारी का हर निशान अचानक खत्म हो गया।

He sat upright in bed as if waking up from regular sleep.
वह बिस्तर पर ऐसे सीधा बैठा था जैसे कि वह रोज़ की नींद से जागा हो।

He was astonished to find himself at his parents' home.
वह अपने माता-पिता के घर पर खुद को पाकर हैरान रह गया।

And he was completely ignorant of what had happened.
और उसे इस बात का बिलकुल भी पता नहीं था कि क्या हुआ था।

Neither dream nor reality had made an impression on his mind.

न तो सपने ने और न ही हकीकत ने उसके मन पर कोई असर डाला था।

Dr. Tobey pronounced him fit to be dismissed from his care.

डॉ. टोबे ने उसे अपनी देखभाल से निकालने के लिए फिट घोषित कर दिया।

And he returned to his quarters three days later.

और वह तीन दिन बाद अपने क्वार्टर में लौट आया।

But to Professor Angell he was of no further assistance.

लेकिन प्रोफेसर एंजेल को इससे कोई मदद नहीं मिली।

All traces of strange dreaming had vanished with his recovery.

उसके ठीक होने के साथ ही अजीब सपने देखने के सारे निशान गायब हो गए थे।

For a week he recounted irrelevant and thoroughly usual visions.

एक हफ़्ते तक वह बेकार और पूरी तरह से आम सपने सुनाता रहा।

And my uncle kept no further record of his night-thoughts.

और मेरे चाचा ने अपने रात के विचारों का कोई और रिकॉर्ड नहीं रखा।

At this point the first part of the manuscript ended.

इस पॉइंट पर मैन्युस्क्रिप्ट का पहला भाग खत्म हो गया।

But my research was still anything but concluded.

लेकिन मेरी रिसर्च अभी भी पूरी नहीं हुई थी।

References to scattered notes helped piece things together.

बिखरे हुए नोट्स के रेफरेंस से चीज़ों को जोड़ने में मदद मिली।

And there was more than enough material for thought.

और सोचने के लिए काफ़ी मटीरियल था।

My distrust of the artist had still not subsided.

कलाकार पर मेरा अविश्वास अभी भी कम नहीं हुआ था।

But this was largely a result of my ingrained skepticism.
लेकिन यह ज़्यादातर मेरे अंदर बैठे शक का नतीजा था।

The notes described the dreams of various persons.
नोट्स में अलग-अलग लोगों के सपनों के बारे में बताया गया था।

These dreams all occurred while young Wilcox was in his fever.
ये सारे सपने तब आए जब युवा विलकॉक्स बुखार में था।

My uncle, it seems, wasted no time in collecting the data.
ऐसा लगता है कि मेरे चाचा ने डेटा इकट्ठा करने में कोई समय बर्बाद नहीं किया।

He had quickly instituted a prodigiously far-flung body of inquiries.
उन्होंने बहुत जल्दी बहुत दूर-दूर तक जांच शुरू कर दी थी।

Any friend that didn't show impertinence he questioned.
जिस भी दोस्त ने बदतमीज़ी नहीं दिखाई, उससे उसने सवाल किया।

He requested from them nightly reports of their dreams.
उन्होंने उनसे हर रात उनके सपनों की रिपोर्ट मांगी।

And he asked if they had had any notable visions of late.
और उन्होंने पूछा कि क्या उन्हें हाल ही में कोई खास सपने आए हैं।

The reception of his request seems to have been varied.
ऐसा लगता है कि उनके अनुरोध पर अलग-अलग तरह से प्रतिक्रिया मिली है।

But there was certainly no shortage in replies.
लेकिन जवाबों में कोई कमी नहीं थी।

No ordinary man could have handled the replies alone.
कोई भी आम आदमी अकेले जवाब नहीं दे सकता था।

The original correspondences were not preserved.

ओरिजिनल कॉरेस्पोंडेंस सुरक्षित नहीं रखे गए थे।

But his notes formed a thorough and significant digest.
लेकिन उनके नोट्स ने एक पूरी और ज़रूरी डाइजेस्ट तैयार की।

***

Initially he had approached average people in society.
शुरू में उन्होंने समाज के आम लोगों से संपर्क किया था।

New England's traditional "salt of the earth".
न्यू इंग्लैंड का पारंपरिक "धरती का नमक"।

But this group gave an almost completely negative result.
लेकिन इस ग्रुप ने लगभग पूरी तरह से नेगेटिव रिज़ल्ट दिया।

Though there were some exceptions to this group too.
हालांकि इस ग्रुप में कुछ अपवाद भी थे।

Scattered cases of uneasy but formless nocturnal

impressions.
बेचैन लेकिन बिना किसी आकार के रात के एहसास के बिखरे हुए मामले।

Their reports were always between March 23rd and April

2nd.
उनकी रिपोर्ट हमेशा 23 मार्च से 2 अप्रैल के बीच होती थी।

This aligned with the same period of young Wilcox's

delirium.
यह युवा विलकॉक्स के पागलपन के समय से मेल खाता है।

Men of science had been only a little more affected.
विज्ञान के लोग थोड़े ज़्यादा प्रभावित हुए थे।

Though four cases of vague description were of interest.

हालांकि, अस्पष्ट विवरण वाले चार मामले दिलचस्प थे।

They had had fugitive glimpses of strange landscapes.
उन्हें अजीब जगहों की झलक मिली थी।

And in one case a dread of something abnormal was
mentioned.
और एक मामले में किसी अजीब चीज़ के डर का ज़िक्र किया गया था।

It was from the artists and poets that the pertinent answers
came.
कलाकारों और कवियों से ही सही जवाब मिले।

It is a blessing no one had been able to compare notes.
यह अच्छी बात है कि कोई भी नोट्स की तुलना नहीं कर पाया।

Panic would have broken loose had they shared their
visions.
अगर उन्होंने अपने विज़न शेयर किए होते तो पैनिक फैल जाता।

This, however, did not dispel my ingrained skepticism.
हालाँकि, इससे मेरा अंदर से शक दूर नहीं हुआ।

Others might have come to mythical conclusions much
quicker.
दूसरे लोग शायद बहुत जल्दी मनगढ़ंत नतीजों पर पहुँच गए होंगे।

But the original letters were lacking from the notes.
लेकिन नोट्स में ओरिजिनल लेटर नहीं थे।

I half suspected the compiler of having asked leading
questions.
मुझे थोड़ा शक था कि कंपाइलर ने कुछ ज़रूरी सवाल पूछे होंगे।

Or perhaps the correspondences weren't entirely original.
या शायद बातचीत पूरी तरह से ओरिजिनल नहीं थीं।

Perhaps my uncle had resolved to confirm Wilcox's dreams.
शायद मेरे चाचा ने विलकॉक्स के सपनों को सच करने का संकल्प लिया था।

That is why I continued to feel suspicious of the sculptor.
इसलिए मुझे मूर्तिकार पर शक होता रहा।

Perhaps he was still cognizant of my uncle's old data.
शायद उन्हें मेरे चाचा के पुराने डेटा के बारे में अभी भी पता था।

Perhaps he had been imposing on the veteran scientist.
शायद वह उस अनुभवी वैज्ञानिक पर दबाव डाल रहा था।

Nonetheless, the corroborating data had to be investigated.
फिर भी, पुष्टि करने वाले डेटा की जांच करनी पड़ी।

***

The responses from the esthetes told a disturbing tale.
एस्थेटीज़ के जवाबों ने एक परेशान करने वाली कहानी बताई।

From February 28th to April 2nd their dreams aligned.
28 फरवरी से 2 अप्रैल तक उनके सपने एक साथ आए।

And a large proportion of them had dreamed very bizarre

things.
और उनमें से ज़्यादातर ने बहुत अजीब सपने देखे थे।

The timing of the intensity of their dreams was also of

interest.
उनके सपनों की तेज़ी का समय भी दिलचस्प था।

The period of the sculptor's delirium marked a highpoint.
मूर्तिकार के पागलपन का समय एक हाई पॉइंट था।

The intensity of their dreams were immeasurably the

stronger.

उनके सपनों की तीव्रता बहुत ज़्यादा थी ।

Over a quarter reported unfamiliar and unpronounceable
sounds.
एक चौथाई से ज़्यादा लोगों ने अनजान और न बोली जा सकने वाली आवाज़ें
बताईं।

Noises not dissimilar to what Wilcox had also described.
आवाज़ें वैसी ही थीं जैसी विलकॉक्स ने भी बताई थीं।

Some described highly elaborate and impossible
architecture.
कुछ लोगों ने बहुत ज़्यादा बड़े और नामुमकिन आर्किटेक्चर के बारे में बताया।

And some of the dreamers confessed to an acute fear.
और कुछ सपने देखने वालों ने बहुत ज़्यादा डर होने की बात मानी।

Like Wilcox, they had seen some gigantic nameless thing.
विलकॉक्स की तरह, उन्होंने भी कोई बहुत बड़ी, बिना नाम की चीज़ देखी थी।

One case, which the note describes with emphasis, was very
sad.
एक मामला, जिसका नोट में ज़ोर देकर ज़िक्र किया गया है, बहुत दुखद था।

The subject was a widely known architect of the region.
यह विषय उस इलाके का एक जाना-माना आर्किटेक्ट था।

He too had leanings toward theosophy and occultism.
उनका झुकाव भी थियोसॉफी और ऑकल्टिज्म की ओर था।

This man went violently insane on March the 22nd.
यह आदमी 22 मार्च को बुरी तरह पागल हो गया।

The exact same date of young Wilcox's seizure.
ठीक वही तारीख जब युवा विलकॉक्स को दौरा पड़ा था।

He expired several months later, after incessant screaming.

कई महीनों बाद, लगातार चीखने-चिल्लाने के बाद उनकी मौत हो गई।

He begged to be saved from some escaped denizen of hell.
उसने नरक से भागे हुए किसी व्यक्ति से बचने की भीख मांगी।

Regrettably, my uncle did not refer to these cases by name.
अफ़सोस की बात है कि मेरे चाचा ने इन मामलों का नाम लेकर ज़िक्र नहीं किया।

Instead, all studies were given nothing more than a number.
इसके बजाय, सभी स्टडीज़ को एक नंबर से ज़्यादा कुछ नहीं दिया गया।

This way I was limited in attempting any personal investigation.
इस तरह मैं कोई भी पर्सनल इन्वेस्टिगेशन करने की कोशिश नहीं कर पाया।

And corroborating the evidence further was demanding.
और सबूतों को और पक्का करना बहुत मुश्किल था।

But finally I did succeed in tracing down some cases.
लेकिन आखिरकार मैं कुछ मामलों का पता लगाने में सफल रहा।

I should have trusted the notes from my uncle.
मुझे अपने चाचा के नोट्स पर भरोसा करना चाहिए था।

They reported their dreams true to their reports.
उन्होंने अपनी रिपोर्ट में अपने सपनों को सच बताया।

I have often wondered what they thought the questioning meant.
मैं अक्सर सोचता था कि वे इस सवाल का क्या मतलब समझते होंगे।

It is for the best that no explanation shall ever reach them.
यह सबसे अच्छा है कि कोई भी स्पष्टीकरण उन तक कभी न पहुंचे।

***

As I have mentioned, my uncle also collected press clippings.

जैसा कि मैंने बताया, मेरे चाचा भी प्रेस क्लिपिंग्स इकट्ठा करते थे।

These press clippings corresponded to the dates in question.
ये प्रेस क्लिपिंग्स उन तारीखों से मेल खाती थीं जिनकी बात हो रही है।

The sources were scattered throughout the globe.
सोर्स पूरी दुनिया में फैले हुए थे।

Professor Angell must have employed a cutting bureau.
प्रोफेसर एंजेल ने ज़रूर एक कटिंग ब्यूरो को काम पर रखा होगा।

Because the number of extracts was tremendous.
क्योंकि एक्सट्रैक्ट्स की संख्या बहुत ज़्यादा थी।

There was a parallel to this part of his research.
उनकी रिसर्च का यह हिस्सा एक पैरेलल था।

Cases of panic, mania, and eccentricity.
पैनिक, मेनिया और सनकीपन के मामले।

One case was a nocturnal suicide in London.
एक मामला लंदन में रात में आत्महत्या का था।

A lone sleeper had leaped from a window after a shocking cry.

एक अकेला सोया हुआ आदमी ज़ोर से चीखने के बाद खिड़की से कूद गया।

A rambling letter to the editor of a paper in South America.
साउथ अमेरिका के एक अखबार के एडिटर को लिखा गया एक लंबा-चौड़ा पत्र।

A fanatic deduces a dire future from visions he had had.
एक कट्टरपंथी ने अपने देखे सपनों से एक भयानक भविष्य का अनुमान लगाया।

A dispatch from California describes a theosophist colony.

कैलिफोर्निया से भेजे गए एक संदेश में एक थियोसोफिस्ट कॉलोनी के बारे में बताया गया है।

They donned white robes en masse for some "glorious fulfilment".
किसी "शानदार संतुष्टि" के लिए एक साथ सफेद कपड़े पहने ।

Although that "glorious fulfilment" never arose.
हालांकि वह "शानदार उपलब्धि" कभी नहीं हुई।

There seems to be serious unrest from the natives in India.
ऐसा लगता है कि भारत के मूल निवासियों में गंभीर अशांति है।

Voodoo orgies multiplied in Haiti.
हैती में वूडू ऑर्जीज़ बढ़ गए।

African outposts report ominous mutterings.
अफ़्रीकी चौकियों से डरावनी बातें सुनने को मिल रही हैं।

American officers in the Philippines find certain tribes bothersome.
फिलीपींस में अमेरिकी अधिकारियों को कुछ जनजातियाँ परेशान करती हैं।

New York policemen are mobbed by hysterical Levantines.
न्यूयॉर्क के पुलिसवालों पर पागल लेवेंटाइन लोगों ने हमला कर दिया।

This occurred exactly on the night of March 22-23.
यह घटना ठीक 22-23 मार्च की रात को हुई।

The west of Ireland, too, was full of wild rumor and legendry.
आयरलैंड का पश्चिमी हिस्सा भी बेबुनियाद अफ़वाहों और कहानियों से भरा हुआ था।

A fantastic painter named Ardois-Bonnot made the news in France.

अर्दोइस-बोनोट नाम के एक शानदार पेंटर ने फ्रांस में सुर्खियां बटोरीं।

He hung a blasphemous dream landscape in the Paris spring salon.
उन्होंने पेरिस के स्प्रिंग सैलून में एक बेइज़्ज़ती भरा सपनों का लैंडस्केप टांगा।

The recorded troubles in insane asylums were immeasurable.
पागलखानों में दर्ज परेशानियाँ बहुत ज़्यादा थीं।

A miracle must have kept the medical fraternities unsuspecting.
किसी चमत्कार ने मेडिकल जगत को बेखबर रखा होगा।

But they never noted the strange parallelisms of the cases.
लेकिन उन्होंने कभी भी मामलों की अजीब समानताओं पर ध्यान नहीं दिया।

Else they too would have come to mystified conclusions.
वरना वे भी अजीब नतीजों पर पहुँच जाते।

I must confess these were indeed a set of weird paper cuttings.
मुझे मानना पड़ेगा कि ये सच में अजीब पेपर कटिंग्स का एक सेट था।

My uncle had put forward a convincing argument.
मेरे चाचा ने एक ठोस तर्क दिया था।

I can't explain how I set the evidence aside.
मैं यह नहीं बता सकता कि मैंने सबूतों को कैसे अलग रखा।

But my callous rationalism took the upper hand.
लेकिन मेरी बेरहम समझदारी हावी हो गई।

And I was still suspicious of the young sculptor, Wilcox.
और मुझे अब भी युवा मूर्तिकार विलकॉक्स पर शक था।

He must have known of the older matters mentioned by the professor.

उन्हें प्रोफेसर द्वारा बताई गई पुरानी बातों के बारे में पता होगा।

The Tale of Inspecter Legrasse
लेग्रास की कहानी

Let me turn your attention away from the young sculptor.
मैं आपका ध्यान युवा मूर्तिकार से हटाना चाहता हूँ।

And let us focus on the second half of the manuscript.
और आइए हम मैन्युस्क्रिप्ट के दूसरे भाग पर ध्यान दें।

A few dreams alone would not have been so significant.
अकेले कुछ सपने इतने महत्वपूर्ण नहीं होते।

The bas-relief could have been dismissed as a hoax.
इस बेस-रिलीफ को एक धोखा कहकर खारिज किया जा सकता था।

But my uncle had previously been primed to take interest.
लेकिन मेरे चाचा पहले ही इसमें दिलचस्पी लेने के लिए तैयार थे।

Wilcox's dream seemed to have a link to past events.
विलकॉक्स के सपने का पिछली घटनाओं से कोई संबंध लगता था।

It wasn't the first time that he had heard that word.
यह पहली बार नहीं था जब उसने यह शब्द सुना था।

The ominous syllables perhaps written as "Cthulhu".
अशुभ अक्षरों को शायद "कथुलू" लिखा गया है।

He had seen and heard of similar descriptions before.
उन्होंने पहले भी ऐसे ही विवरण देखे और सुने थे।

The hellish outlines of the nameless monstrosity.
उस बेनाम राक्षसी चीज़ की नारकीय रूपरेखा।

He had previously puzzled over the same hieroglyphics.
वह पहले भी इन्हीं हाइरोग्लिफ़िक्स पर उलझन में था।

All this produced a horrible connection of events.
इन सब घटनाओं का एक भयानक कनेक्शन बन गया।

It is no wonder he pursued young Wilcox with queries.
इसमें कोई हैरानी की बात नहीं है कि उन्होंने युवा विलकॉक्स से सवाल पूछे।

And we must not be surprised he interrogated Wilcox so.
और हमें इस बात पर हैरानी नहीं होनी चाहिए कि उसने विलकॉक्स से इस तरह पूछताछ की।

This earlier experience had come in the year of 1908.
इससे पहले का अनुभव 1908 में हुआ था।

Seventeen years before Wilcox came to my great-uncle.
विलकॉक्स के मेरे परदादा के पास आने से सत्रह साल पहले।

The archeological society were meeting in St. Louis.
आर्कियोलॉजिकल सोसायटी की मीटिंग सेंट लुइस में हो रही थी।

Professor Angell had a prominent part in the deliberations.
प्रोफेसर एंजेल की इस बातचीत में अहम भूमिका थी।

His responsibilities befitted one of his authority.
उनकी ज़िम्मेदारियां उनके अधिकार के मुताबिक थीं ।

He was one of the first to be approached by several
outsiders.
वह उन पहले लोगों में से एक थे जिनसे कई बाहरी लोगों ने संपर्क किया था।

They took advantage of the convocation to offer questions.
उन्होंने सवाल पूछने के लिए कॉन्वोकेशन का फ़ायदा उठाया।

They hoped for correct answering from an expert.
उन्हें किसी एक्सपर्ट से सही जवाब की उम्मीद थी।

They each had very peculiar types of problems.
उन सभी को बहुत ही अजीब तरह की समस्याएं थीं।

And they required very different types of solutions.
और उन्हें बहुत अलग तरह के सॉल्यूशन की ज़रूरत थी।

The chief of these was a common-looking middle-aged man.

इनमें से मुखिया एक आम दिखने वाला अधेड़ उम्र का आदमी था।

And he quickly became the meeting's focus of interest.
और वह जल्दी ही मीटिंग का फोकस बन गए।

***

He had traveled to St. Louis all the way from New Orleans.
वह न्यू ऑर्लियंस से सेंट लुइस तक का सफर तय करके आए थे।

He had come to the meeting for special information.
वह खास जानकारी के लिए मीटिंग में आए थे।

Knowledge that could not be unobtained from local source.
ऐसा ज्ञान जो लोकल सोर्स से मिले बिना नहीं रह सकता।

His name was John Raymond Legrasse, police inspector.
उनका नाम जॉन रेमंड लेग्रास था, जो पुलिस इंस्पेक्टर थे।

He bore with him the mysterious subject of his inquiries.
वह अपनी पूछताछ का रहस्यमय विषय अपने साथ ले गया।

A grotesque and apparently very ancient stone statuette.
एक अजीब और साफ़ तौर पर बहुत पुरानी पत्थर की मूर्ति।

A statuette whose origin no one had been able to determine.
एक मूर्ति जिसका ओरिजिन कोई भी पता नहीं लगा पाया था।

But don't assume Inspector Legrasse was an archeologist.
लेकिन यह मत मानिए कि इंस्पेक्टर लेग्रास एक आर्कियोलॉजिस्ट थे।

He had very little interest in archeology, nor mythology.
उन्हें आर्कियोलॉजी या माइथोलॉजी में बहुत कम दिलचस्पी थी।

His wish for enlightenment had rather different

motivations.
ज्ञान पाने की उनकी इच्छा के पीछे कुछ अलग ही मकसद थे।

He was prompted to come by purely professional considerations.

उन्हें पूरी तरह से प्रोफेशनल वजहों से आने के लिए कहा गया था।

The statuette had been captured as part of a police raid.

यह मूर्ति पुलिस रेड के दौरान पकड़ी गई थी।

Although whether it was even a statuette wasn't determined.

हालांकि यह पता नहीं चल पाया कि यह मूर्ति थी भी या नहीं।

It could also have been an idol, magic fetish, or charm.

यह कोई मूर्ति, जादू का शौक या आकर्षण भी हो सकता था।

Whatever it was, it had been captured some months previously.

जो भी था, उसे कुछ महीने पहले ही कैप्चर किया गया था।

A meeting was being held in the wooded swamps of New Orleans.

न्यू ऑर्लियंस के जंगली दलदल में एक मीटिंग हो रही थी।

The police had been tipped of about a supposed voodoo meeting.

पुलिस को एक कथित वूडू मीटिंग के बारे में खबर मिली थी।

Strange and hideous rites connected with the voodoo circle.

वूडू सर्कल से जुड़े अजीब और भयानक रीति-रिवाज।

The police could not but realize what they had stumbled on.

पुलिस को समझ आ गया कि उन्हें क्या मिल गया है।

A dark cult previously totally unknown to the authorities.

एक डार्क कल्ट जिसके बारे में पहले अधिकारियों को बिल्कुल पता नहीं था।

Infinitely more sinister than what an outsider could expect.

किसी बाहरी व्यक्ति की उम्मीद से कहीं ज़्यादा खतरनाक।

More diabolic than the blackest of the African voodoo circles.

अफ़्रीकी वूडू सर्कल के सबसे काले लोगों से भी ज़्यादा शैतानी।

Unbelievable tales were extorted from the captured cult members.

पकड़े गए पंथ के सदस्यों से अविश्वसनीय कहानियाँ उगलवाई गईं।

But nothing of the relic's origin could be discovered.

लेकिन अवशेष की उत्पत्ति के बारे में कुछ भी पता नहीं चल सका।

Hence the anxiety of the police for any antiquarian lore.

इसलिए पुलिस को किसी भी पुरानी जानकारी को लेकर चिंता रहती है।

Ancient mythology might explain the frightful symbol.

पुरानी पौराणिक कथाओं में इस डरावने निशान की वजह बताई जा सकती है।

Deeper knowledge could perhaps track the fountain-head.

गहरी जानकारी से शायद सोर्स का पता लगाया जा सकता है।

Inspector Legrasse was not prepared for the excitement he created.

इंस्पेक्टर लेग्रास उस एक्साइटमेंट के लिए तैयार नहीं थे जो उन्होंने पैदा किया था।

One sight of the mysterious object was all that was required.

उस रहस्यमयी चीज़ को एक बार देखना ही काफी था।

The assembled men of science were filled with curiosity.

वहां मौजूद साइंस के लोग उत्सुकता से भर गए।

They lost no time in crowding closely around the inspector.

उन्होंने इंस्पेक्टर के चारों ओर इकट्ठा होने में कोई समय नहीं गंवाया।

And they all tried to get the best look at the diminutive figure.

और वे सब उस छोटी सी आकृति को सबसे अच्छे से देखने की कोशिश कर रहे
थे।

***

The genuinely abysmal antiquity inspired wild imagination.
सच में बहुत पुरानी चीज़ों ने बहुत ज़्यादा कल्पना को प्रेरित किया।

The strangeness hinted so potently at unopened and archaic
vistas.
यह अजीब बात साफ़ तौर पर बंद और पुराने नज़ारों की ओर इशारा करती थी।

No recognized school of sculpture had animated this terrible
object.
मूर्तिकला के किसी भी जाने-माने स्कूल ने इस भयानक चीज़ को एनिमेट नहीं
किया था।

Yet centuries seemed recorded in the dim and greenish
surface.
फिर भी, धुंधली और हरी-भरी सतह पर सदियों का समय दर्ज लग रहा था।

Perhaps thousands of years were hidden in this unplaceable
stone.
शायद इस पत्थर में हज़ारों साल छिपे हुए थे।

The figurine was finally passed slowly from man to man.
आखिरकार मूर्ति धीरे-धीरे एक आदमी से दूसरे आदमी तक पहुंचाई गई।

Each scientist carefully studied the strange markings of the
stone.
हर साइंटिस्ट ने पत्थर के अजीब निशानों की ध्यान से स्टडी की।

The work was between seven and eight inches in height.

यह काम सात से आठ इंच ऊंचा था।

And the exquisite artistic workmanship must be noted.
और बेहतरीन कलात्मक कारीगरी पर ध्यान देना चाहिए।

The carvings represented a monster of vaguely anthropoid outline.
नक्काशी में एक राक्षस को दिखाया गया था, जिसकी आउटलाइन थोड़ी-बहुत इंसानी थी।

On the face of the octopus-esque head was a mass of feelers.
जैसे सिर के चेहरे पर फीलर्स का ढेर था।

Prodigious claws on hind and fore feet protruded from the body.
पिछले और अगले पैरों पर बड़े-बड़े पंजे शरीर से बाहर निकले हुए थे।

The bloated corpulence had a rubbery looking quality to it.
फूला हुआ मोटापा रबर जैसा लग रहा था।

And from behind the rubbery body came out two narrow wings.
और रबर जैसे शरीर के पीछे से दो पतले पंख निकले।

It would be instinctual to think of this thing as fearsome.
इस चीज़ को डरावना समझना स्वाभाविक होगा।

There was an unnatural malignancy to the aura of the creature.
उस जीव की आभा में एक अजीब सी बुराई थी।

The gargantuan squatted evilly on a rectangular block.
वह विशालकाय व्यक्ति एक आयताकार ब्लॉक पर बुरी तरह बैठा था।

The pedestal it was on was covered with undecipherable characters.

जिस जगह पर वह रखी थी, वह ऐसे अक्षरों से भरी हुई थी जिन्हें समझा नहीं जा सकता था।

The tips of the wings touched the back edge of the block.
पंखों के सिरे ब्लॉक के पिछले किनारे को छू रहे थे।

The creature was sitting on the middle of the giant block.
वह जीव बड़े ब्लॉक के बीच में बैठा था।

Its legs were doubled up under its monstrous body.
उसके पैर उसके बड़े शरीर के नीचे दोगुने हो गए थे।

The long, curved claws gripped the front edge of the cliff.
लंबे, घुमावदार पंजों ने चट्टान के अगले किनारे को पकड़ लिया।

The cephalopod head was bent forward, observing its kingdom.
सेफ़ेलोपॉड का सिर आगे की ओर झुका हुआ था, अपने राज्य को देख रहा था।

The ends of the facial feelers brushed the backs of huge forepaws.
फेशियल फीलर्स के सिरे बड़े अगले पंजों की पीठ को छू रहे थे।

And the forepaws clasped the croucher's elevated knees.
और अगले पंजों ने झुके हुए आदमी के ऊँचे घुटनों को पकड़ लिया।

The appearance of the grotesque scene was abnormally lifelike.
उस अजीब सीन का लुक अजीब तरह से असली जैसा था।

But this lifelike quality only added a subtle reason to be more fearful.
लेकिन इस असली जैसी क्वालिटी ने और ज़्यादा डरने की एक छोटी सी वजह और बढ़ा दी।

Because we knew nothing about the source of the depiction.

क्योंकि हमें चित्रण के स्रोत के बारे में कुछ नहीं पता था।

The creature's vast, awesome, and incalculable age was unmistakable.
उस जीव की विशाल, भयानक और बेहिसाब उम्र साफ़ थी।

But not one link did the depiction show with any known type of art.
लेकिन इस चित्रण में किसी भी ज्ञात कला के प्रकार के साथ एक भी संबंध नहीं दिखाया गया।

Not even the earliest civilizations made reference to this creature.
यहां तक कि शुरुआती सभ्यताओं में भी इस जीव का ज़िक्र नहीं मिलता।

But that is not the only point at which our knowledge failed us.
लेकिन यह एकमात्र ऐसा पॉइंट नहीं है जहां हमारा ज्ञान हमें फेल कर गया।

***

The mineralogy of the stone was also a complete mystery.
पत्थर की मिनरलॉजी भी पूरी तरह से रहस्य थी।

Gold specks dotted the soapy, greenish-black stone.
साबुन जैसे हरे-काले पत्थर पर सोने के धब्बे थे।

Iridescent striations ran along the length of the stone.
पत्थर की लंबाई के साथ-साथ इंद्रधनुषी धारियां बनी हुई थीं।

In short, the stone resembled nothing within mineralogy.
आसान शब्दों में कहें तो, मिनरलॉजी में यह पत्थर किसी भी चीज़ जैसा नहीं था।

Geologists hadn't been able to identify the stone either.

जियोलॉजिस्ट भी पत्थर की पहचान नहीं कर पाए थे।

The hieroglyphs along the stone were equally baffling.
पत्थर पर बनी हाइरोग्लिफ़ भी उतनी ही हैरान करने वाली थीं।

The writing system was horribly different than other scripts.
इसका राइटिंग सिस्टम दूसरी स्क्रिप्ट्स से बहुत अलग था।

A representation of half the world's leading experts was
present.
दुनिया के आधे बड़े एक्सपर्ट्स मौजूद थे।

But no link to any known writing system could be
established.
लेकिन किसी भी ज्ञात लेखन प्रणाली से कोई संबंध स्थापित नहीं किया जा
सका।

Everything frightfully suggested an old and unhallowed
cycle of life.
हर चीज़ डरावनी तरह से जीवन के एक पुराने और बुरे चक्र की ओर इशारा कर
रही थी।

A history in which our world and our conceptions played no
part.
एक ऐसा इतिहास जिसमें हमारी दुनिया और हमारी सोच का कोई रोल नहीं
था।

The experts shook their heads, admitting they had been
defeated.
एक्सपर्ट्स ने सिर हिलाते हुए माना कि वे हार गए हैं।

But one expert did not give up quite so quickly.
लेकिन एक एक्सपर्ट ने इतनी जल्दी हार नहीं मानी।

He claimed to have a touch of bizarre familiarity with the
subject.

उन्होंने दावा किया कि उन्हें इस विषय की थोड़ी अजीब जानकारी है।

The monstrous shape and writing weren't entirely new to him.
उसका भयानक आकार और लिखावट उसके लिए पूरी तरह से नई नहीं थी।

With some diffidence he told of the odd trifle he knew.
कुछ हिचकिचाहट के साथ उसने वह छोटी-मोटी बातें बताईं जो उसे पता थीं।

This person was the late William Channing Webb.
यह व्यक्ति स्वर्गीय विलियम चैनिंग वेब थे।

He was professor of anthropology in Princeton University.
वह प्रिंसटन यूनिवर्सिटी में एंथ्रोपोलॉजी के प्रोफेसर थे।

And he was an explorer of no small significance.
और वह एक बहुत ही महत्वपूर्ण खोजकर्ता थे।

***

Forty-eight years ago he was exploring Greenland and Iceland.
48 साल पहले वह ग्रीनलैंड और आइसलैंड घूम रहे थे।

His group were in search of some Runic inscriptions.
उनका ग्रुप कुछ रूनिक शिलालेखों की तलाश में था।

But the expedition failed to unearth any inscriptions.
लेकिन अभियान किसी भी शिलालेख को खोजने में असफल रहा।

They trekked the heights of West Greenland's coasts.
उन्होंने वेस्ट ग्रीनलैंड के तटों की ऊंचाइयों पर ट्रेकिंग की।

Here they encountered a strange cult of degenerate Eskimos.
यहां उनका सामना बिगड़े हुए एस्किमो लोगों के एक अजीब पंथ से हुआ।

Their religion consisted of a form of devil-worship.

उनके धर्म में शैतान की पूजा शामिल थी।

And their rituals were deliberately bloodthirsty and repulsive.
और उनके रीति-रिवाज़ जानबूझकर खूनी और घिनौने थे।

It was a faith of which other Eskimos knew little.
यह एक ऐसा धर्म था जिसके बारे में दूसरे एस्किमो लोग बहुत कम जानते थे।

Locals shuddered at the mention of their practices.
स्थानीय लोग उनकी प्रथाओं का ज़िक्र सुनकर कांप उठे।

They said their believes came from horribly ancient eons.
उन्होंने कहा कि उनकी मान्यताएं बहुत पुराने समय से चली आ रही हैं।

A time before the world as we know it now had ever been made.
एक समय था जब दुनिया जैसी हम आज जानते हैं, वैसी बनी ही नहीं थी।

There were human sacrifices and queer hereditary rituals.
वहाँ नरबलि और अजीब खानदानी रस्में होती थीं।

And all their worship was directed at a supreme tornasuk.
और उनकी सारी पूजा एक सर्वोच्च तोरणसुक के लिए थी।

Professor Webb had taken a phonetic copy from an aged angekok.
प्रोफेसर वेब ने एक पुराने एंजेकोक से फोनेटिक कॉपी ली थी।

He had transcribed the wizard-priest's chants as best he could.
उसने जादूगर-पुजारी के मंत्रों को जितना हो सका, उतना अच्छे से लिखा था।

But currently these transcriptions weren't of prime significance.
लेकिन अभी ये ट्रांसक्रिप्शन बहुत ज़रूरी नहीं थे।

The cult had a cherished stone that they worshipped.
पंथ के पास एक कीमती पत्थर था जिसकी वे पूजा करते थे।

They danced wildly when the aurora leaped over the ice
cliffs.
जब ऑरोरा बर्फ की चट्टानों के ऊपर से उछला तो वे ज़ोर-ज़ोर से नाचने लगे।

And in the midst of their dance was the strange stone.
और उनके डांस के बीच में एक अजीब पत्थर था।

It was, the professor stated, a very crude bas-relief of stone.
प्रोफेसर ने बताया कि यह पत्थर की बहुत ही कच्ची उभरी हुई आकृति थी।

The stone comprised a hideous picture and some cryptic
writing.
पत्थर पर एक भयानक तस्वीर और कुछ रहस्यमयी लिखावट थी।

And as far as he could tell this stone was a rough parallel.
और जहां तक वह समझ सका, यह पत्थर लगभग वैसा ही था।

The stone had all the same essential features of bestial
things.
पत्थर में जानवरों जैसी सभी ज़रूरी खूबियां थीं।

The scientists received this data with suspense and
astonishment.
साइंटिस्ट्स को यह डेटा सस्पेंस और हैरानी के साथ मिला।

Even Inspector Legrasse had quickly gained an interest in
mythology.
इंस्पेक्टर लेग्रास को भी जल्दी ही पौराणिक कथाओं में दिलचस्पी हो गई थी।

And he began at once to ply his informant with questions.
और उसने तुरंत अपने इन्फॉर्मर से सवाल पूछने शुरू कर दिए।

He had notes of the oral ritual of the cult-worshipers in the swamp.

उसके पास दलदल में पंथ के भक्तों के मौखिक अनुष्ठान के नोट्स थे।

He besought the professor to remember the diabolist Eskimos' chants.

उन्होंने प्रोफेसर से शैतान एस्किमो के नारे याद रखने की गुज़ारिश की।

There then followed an exhaustive comparison of details.

इसके बाद डिटेल्स की पूरी तुलना की गई।

And there then followed a moment of really awed silence.

और फिर एक पल के लिए सचमुच हैरानी भरी खामोशी छा गई।

The Eskimo wizards and the Louisiana swamp-priests were worlds apart.

एस्किमो जादूगर और लुइसियाना के दलदली पुजारी एक-दूसरे से बिल्कुल अलग थे।

And yet there was a phrase the two hellish rituals had in common.

और फिर भी, इन दोनों नारकीय रस्मों में एक बात कॉमन थी।

"Ph'nglui mglw'nafh Cthulhu R'lyeh wgah'nagl fhtagn."

फ'न्लुइ म्ल्व'नाफ़ क्थुलु आर'ल्येह व्गाह'नाग्ल फ्टाग्न।

***

Legrasse had one advantage over Professor Webb.

लेग्रास को प्रोफेसर वेब पर एक फायदा था।

He had spoken to several of his mongrel prisoners.

उन्होंने अपने कई संकर कैदियों से बात की थी।

Some of them had passed on the phrase's meaning.

उनमें से कुछ ने इस वाक्य का मतलब बता दिया था।

"In his house at R'lyeh dead Cthulhu waits dreaming."
आर'ल्येह में उसके घर में मरा हुआ कथुलू सपने देखता हुआ इंतज़ार कर रहा है।"

So the attention turned back to Inspector Legrasse.
तो ध्यान वापस इंस्पेक्टर लेग्रास की ओर गया।

And he was probed with many disconnected questions.
और उनसे कई अलग-अलग सवाल पूछे गए।

He detailed his experience with the worshipers from the swamp.
उन्होंने दलदल से आए भक्तों के साथ अपने अनुभव के बारे में विस्तार से बताया।

My uncle attached profound significance to the story.
मेरे चाचा ने इस कहानी को बहुत महत्व दिया।

The report savored of the wildest dreams of myth-makers.
रिपोर्ट में मिथक बनाने वालों के सबसे अजीब सपनों का स्वाद था।

Theosophists could not have provided more imagination.
थियोसोफिस्ट इससे ज़्यादा कल्पना नहीं कर सकते थे।

But the philosophies came from unexpected sources.
लेकिन ये फ़िलॉसफ़ी अनएक्सपेक्टेड सोर्स से आईं।

Half-castes and pariahs told these fantastical stories.
हाफ-कास्ट और पारियाह ये अजीब कहानियाँ सुनाते थे।

On November 1st, 1907, his chain of events unfolded.
1 नवंबर, 1907 को उनकी घटनाओं की श्रृंखला शुरू हुई।

The New Orleans police received desperate calls.
न्यू ऑर्लियंस पुलिस को बहुत परेशान करने वाले कॉल आए।

They were called to the swamp and lagoon country to the south.
उन्हें दक्षिण में दलदल और लैगून वाले इलाके में बुलाया गया।

The settlers there were mostly primitive, but good-natured.
वहां के लोग ज़्यादातर पुराने ज़माने के थे, लेकिन अच्छे स्वभाव के थे।

Most living by the swamp were descendants of Lafitte's men.
दलदल के पास रहने वाले ज़्यादातर लोग लाफ़िट के आदमियों के वंशज थे।

But now they were in the grip of stark terror.
लेकिन अब वे बहुत ज़्यादा डर के साये में थे।

An unknown thing had stolen upon them in the night.
रात में कोई अनजान चीज़ उनके घर से चोरी हो गई।

It was voodoo, apparently, that caused the disturbance.
लगता है, यह वूडू था जिसकी वजह से यह गड़बड़ी हुई।

But it was a voodoo unlike the other forms of voodoo.
लेकिन यह वूडू के दूसरे रूपों से अलग एक वूडू था।

Voodoo of a more terrible sort than they had ever known.
वूडू एक ऐसा भयानक प्रकार था, जिसे उन्होंने पहले कभी नहीं देखा था।

Some of their women and children had disappeared.
उनकी कुछ औरतें और बच्चे गायब हो गए थे।

A malevolent drumming had begun its incessant beating.
एक बुरी ढोल की आवाज़ लगातार बजने लगी थी।

Far and deep within those dark, black haunted woods.
उन अंधेरे, काले, भूतिया जंगलों में दूर और गहरे।

There, where no dweller dared to ventured close to.
वहाँ, जहाँ कोई भी रहने वाला पास जाने की हिम्मत नहीं करता था।

There were insane shouts and harrowing screams.

वहाँ पागलपन भरी चीखें और भयानक चीखें थीं।

Soul-chilling chants and dancing devil-flames.
रूह कंपा देने वाले मंत्र और नाचती हुई शैतानी आग।

The messenger and his people could stand it no more.
दूत और उसके लोग इसे और बर्दाश्त नहीं कर सके।

A body of twenty police set out in the late afternoon.
देर दोपहर में बीस पुलिसवालों की एक टीम निकली।

And a shivering settler came with them as a guide.
और एक कांपता हुआ आदमी उनके साथ गाइड के तौर पर आया।

***

At the end of the passable road they alighted.
चलने लायक सड़क के आखिर में वे उतर गए।

For miles and miles they splashed on in silence.
मीलों-मील तक वे चुपचाप आगे बढ़ते रहे।

And they went on through the terrible cypress woods.
और वे भयानक सरू के जंगल से होते हुए आगे बढ़े।

Dark, dark woods in which day but almost never came.
अँधेरा, अँधेरा जंगल जिसमें दिन तो लगभग कभी नहीं आता था।

Ugly roots set traps for them in the wet ground.
बदसूरत जड़ें गीली ज़मीन में उनके लिए जाल बिछा देती हैं।

Malignant hanging nooses of Spanish moss beset them.
स्पैनिश मॉस के खतरनाक फांसी के फंदे उन पर लटके हुए थे।

In the distance the settlement slowly came into sight.
दूर से बस्ती धीरे-धीरे दिखाई देने लगी।

Hysterical dwellers ran out of the miserable huts.

पागलों की तरह रहने वाले लोग अपनी खराब झोपड़ियों से बाहर भागे।

They clustered around the group of bobbing lanterns.
वे हिलती हुई लालटेनों के समूह के चारों ओर इकट्ठा हो गए।

Far, far ahead the cause of all the fear could be heard.
बहुत दूर, बहुत दूर तक सारे डर का कारण सुना जा सकता था।

The muffled beat of drums was now faintly audible.
ढोल की धीमी आवाज़ अब हल्की सुनाई दे रही थी।

At times the wind shifted and revealed different sounds.
कभी-कभी हवा बदल जाती थी और अलग-अलग आवाज़ें आती थीं।

Curdling shrieks were audible at infrequent intervals.
कभी-कभी दही जमने की चीखें सुनाई दे रही थीं।

A reddish glare seemed to filter through the undergrowth.
झाड़ियों के बीच से एक लाल रंग की चमक आती दिख रही थी।

The settlers were reluctant to be left alone again.
बसने वाले लोग दोबारा अकेले नहीं रहना चाहते थे।

But they point blank refused to move forwards either.
लेकिन उन्होंने भी आगे बढ़ने से साफ मना कर दिया।

So the inspector and his colleagues plunged on unguided.
इसलिए इंस्पेक्टर और उसके साथी बिना किसी गाइडेंस के आगे बढ़ गए।

And they went into the black arcades of horror.
और वे डरावने काले आर्केड में चले गए।

The region was one of traditionally evil repute.
यह इलाका पारंपरिक रूप से बुरी छवि वाला था।

The lands were substantially unknown by white men.
गोरे लोगों को इन ज़मीनों के बारे में ज़्यादा पता नहीं था।

Not many explorers had traversed those regions yet.
अभी तक बहुत ज़्यादा खोजकर्ता उन इलाकों में नहीं गए थे।

There were also legends of a hidden away lake.
एक छिपी हुई झील की भी किंवदंतियाँ थीं।

A body of water still unglimpsed by mortal sight.
पानी का एक ऐसा हिस्सा जो अभी भी इंसानों की नज़र से दूर है ।

In the lake it was said there dwelt a strange creature.
कहा जाता है कि झील में एक अजीब जीव रहता था।

A huge, formless white polypous thing with luminous eye.
एक बहुत बड़ी, बिना आकार वाली सफ़ेद पॉलीपस चीज़ जिसकी आँख चमक रही है।

And settlers whispered about bat-winged devils.
और बसने वाले लोग चमगादड़ के पंखों वाले शैतानों के बारे में फुसफुसाते थे।

They flew up out of caverns from the inner earth.
वे धरती के अंदर की गुफाओं से उड़कर ऊपर आ गए।

And together the demons worship it at midnight.
और राक्षस मिलकर आधी रात को इसकी पूजा करते हैं।

They said it had been there before D'Iberville.
उन्होंने कहा कि यह डी'इबरविले से पहले भी वहां था।

They said it had been there before La Salle too.
उन्होंने कहा कि यह ला सैले से पहले भी वहां था।

They said it was there before the Native Americans.
उन्होंने कहा कि यह मूल अमेरिकियों से पहले वहां था।

Perhaps it was even there before the wholesome beasts.
शायद यह स्वस्थ जानवरों से पहले भी वहां था।

It was a nightmare itself that made men dream.
यह अपने आप में एक बुरा सपना था जिसने लोगों को सपने देखने पर मजबूर कर दिया।

And to see the thing was the same as death.

और उस चीज़ को देखना मौत के समान था।

And so they had enough warning to know to keep away.
और इसलिए उन्हें दूर रहने के लिए काफी चेतावनी मिल गई थी।

Because it was indeed where they were warned it was.
क्योंकि यह सच में वहीं था जहां उन्हें चेतावनी दी गई थी।

The voodoo orgy was on the fringe of this abhorred area.
वूडू ऑर्जी इस घिनौने इलाके के किनारे पर था।

But the location was already bad enough by itself.
लेकिन लोकेशन अपने आप में ही काफी खराब थी।

The voodoo activities only added to the horror.
वूडू एक्टिविटीज़ ने डर को और बढ़ा दिया।

Perhaps poetry could do justice to the noises heard.
शायद कविता सुनाई देने वाली आवाज़ों के साथ न्याय कर सके।

Otherwise only madness would help one understand.
नहीं तो सिर्फ़ पागलपन ही समझने में मदद करेगा।

But Legrasse's plowed on through the black morass.
लेकिन लेग्रास काले दलदल से आगे बढ़ता रहा।

The sound of the muffled drumming slowly crystalized.
धीमी आवाज़ में ढोल बजने की आवाज़ धीरे-धीरे साफ़ हो गई।

And they continued steadily towards the red glare.
और वे लगातार लाल चमक की ओर बढ़ते रहे।

***

There are vocal qualities specific to men.
पुरुषों में खास तौर पर बोलने की खूबियां होती हैं।

And there are vocal qualities specific to beasts.

और जानवरों में खास आवाज़ की खूबियां होती हैं।

It is terrible when one makes the sounds of the other.
यह बहुत बुरा लगता है जब एक दूसरे की आवाज़ निकालता है।

Animal fury freed them of their human restraint.
जानवरों के गुस्से ने उन्हें इंसानी रोक-टोक से आज़ाद कर दिया।

Orgiastic license whipped them into demoniac heights.
कामुक आज़ादी ने उन्हें शैतानी ऊंचाइयों पर पहुंचा दिया।

Howls that tore through those perpetually dark woods.
चीखें जो उन हमेशा अंधेरे जंगलों में गूंजती रहीं।

Squawking ecstasies that echoed in everyone's mind.
हर किसी के मन में खुशी की चीखें गूंज रही थीं।

Sounds like pestilential tempests from the gulfs of hell.
ऐसा लगता है जैसे नरक की खाड़ियों से खतरनाक तूफान आ रहे हैं।

Now and then the less organized ululations would cease.
कभी-कभी कम ऑर्गनाइज़्ड उल्लास बंद हो जाता था।

A well-drilled chorus of hoarse voices rose in singsong.
भारी आवाज़ों का एक अच्छा कोरस गाना गा रहा था।

And they chanted that hideous phrase of their ritual.
और उन्होंने अपने रिचुअल का वह घिनौना फ्रेज़ दोहराया।

"Ph'nglui mglw'nafh Cthulhu R'lyeh wgah'nagl fhtagn"
फ'न्लुइ म्ल्व'नाफ़ क्थुलु आर'ल्येह व्गाह'नाग्ल फ्टाग्न।

Then the men reached a spot where the trees were sparser.
फिर वे लोग एक ऐसी जगह पर पहुँचे जहाँ पेड़ कम थे।

Suddenly they come in sight of the spectacle itself.
अचानक वे तमाशा देखने लगते हैं।

Four of them reeled from the horrible things they saw.
उनमें से चार लोग उन भयानक चीज़ों को देखकर डर गए जो उन्होंने देखी थीं।

One man fainted, and two were shaken into a frantic cry.
एक आदमी बेहोश हो गया, और दो लोग बुरी तरह रोने लगे।

Fortunately their screams were not heard by other ears.
सौभाग्य से उनकी चीखें दूसरे कानों ने नहीं सुनीं।

The mad cacophony of the orgy deadened their screams.
ऑर्गी के पागल शोर ने उनकी चीखों को दबा दिया।

Legrasse splashed swamp water on the fainting man.
लेग्रास ने बेहोश हो रहे आदमी पर दलदली पानी छिड़का।

They stood up again, but nearly hypnotized with horror.
वे फिर से खड़े हो गए, लेकिन डर से लगभग हिप्नोटाइज़ हो गए थे।

In a natural glade of the swamp stood a grassy island.
दलदल के एक कुदरती मैदान में घास का एक टापू था।

The grassy island extended perhaps for an acre.
घास वाला यह द्वीप शायद एक एकड़ तक फैला हुआ था।

And the area was clear of trees and tolerably dry.
और वह इलाका पेड़ों से खाली था और ठीक-ठाक सूखा था।

A horde of human abnormality leaped and twisted.
इंसानों की अजीब हरकतों का एक झुंड उछल-कूद कर रहा था।

No Sime could paint what the men were seeing.
कोई भी साइम यह नहीं दिखा सकता था कि लोग क्या देख रहे थे।

No Angarola has ever painted such an indescribable scene.
किसी अंगारोला ने कभी ऐसा अवर्णनीय दृश्य चित्रित नहीं किया।

The hybrid spawn made a monstrous ring-shaped bonfire.
हाइब्रिड स्पॉन ने एक बहुत बड़ा रिंग के आकार का अलाव बनाया।

They brayed bellowed and writhed about in their nudity.
वे नग्न अवस्था में चीखते, चिल्लाते और तड़पते थे।

Occasionally there were rifts in the curtain of flame.

कभी-कभी आग के पर्दे में दरारें आ जाती थीं।

And there the object of their worship revealed itself.
और वहाँ उनकी पूजा की वस्तु प्रकट हुई।

In the midst of the fire stood a great granite monolith.
आग के बीच में एक बड़ा ग्रेनाइट का पत्थर खड़ा था।

The stone structure was only about eight feet in height.
पत्थर की यह संरचना केवल आठ फीट ऊंची थी।

And the noxious carven statuette rested on the monolith.
और वह खतरनाक नक्काशीदार मूर्ति मोनोलिथ पर रखी थी।

The idle was almost incongruous in its diminutiveness.
यह बेकार चीज़ अपने छोटे आकार में लगभग बेमेल थी।

Spaced evenly, scaffolds had been erected around the fire.
आग के चारों ओर बराबर दूरी पर मचान बनाए गए थे।

From the scaffolding hung a number of marred bodies.
मचान से कई क्षत-विक्षत शव लटके हुए थे।

The bodies of those that had disappeared from nearby.
आस-पास से गायब हुए लोगों की लाशें।

It was inside this circle the ring of worshipers were.
इसी घेरे के अंदर पूजा करने वालों का घेरा था ।

And they roared and jumped in the frantic trance.
और वे पागलों की तरह दहाड़ने और उछलने लगे।

The general direction of the motion was anti-clockwise.
गति की सामान्य दिशा घड़ी की विपरीत दिशा थी।

The ring of bodies circling around the ring of fire.
आग के घेरे के चारों ओर चक्कर लगाती हुई लाशों का घेरा।

One man recollected other details even more concerning.
एक आदमी ने और भी ज़्यादा चिंता वाली बातें याद कीं।

But perhaps the echoes induced him to hear other things.
लेकिन शायद गूंज ने उसे दूसरी बातें सुनने के लिए प्रेरित किया।

He fancied he heard antiphonal responses to the ritual.
उसे लगा कि उसने रस्म के जवाब में उल्टी आवाज़ सुनी है।

Noises from an unillumined spot deeper within the woods.
जंगल के अंदर एक बिना रोशनी वाली जगह से आवाज़ें आ रही हैं।

This man, Joseph D. Galvez, I later met and questioned.
इस आदमी, जोसेफ डी. गैल्वेज़ से मैं बाद में मिला और उससे पूछताछ की।

And he proved to indeed be distractingly imaginative.
और वह सच में बहुत ज़्यादा कल्पनाशील साबित हुआ।

He even hinted at the faint beating of great wings.
उन्होंने बड़े पंखों की हल्की फड़फड़ाहट का भी इशारा किया।

And he suggested there was a glimpse of shining eyes.
और उसने बताया कि वहाँ चमकती आँखों की एक झलक थी।

And beyond the trees, a mountainous white bulk of

something.
और पेड़ों के पीछे, किसी चीज़ का एक पहाड़ी जैसा सफ़ेद ढेर।

I suppose he had heard too much native superstition.
मुझे लगता है कि उसने बहुत ज़्यादा देसी अंधविश्वास सुन लिया था।

But actually the horrified pause was relatively brief.
लेकिन असल में यह डरावना ठहराव काफ़ी छोटा था।

Duty came first, and they had come to do a job.
ड्यूटी पहले आती है, और वे नौकरी करने आए थे।

***

There must have been nearly a hundred mongrel celebrants.
वहाँ लगभग सौ से ज़्यादा मौंगरेल जश्न मनाने वाले लोग रहे होंगे।

But the police were able to rely on their firearms.
लेकिन पुलिस अपने हथियारों पर भरोसा कर पाई।

And they plunged determinedly into the nauseous rout.
और वे पक्के इरादे से उल्टी जैसी दौड़ में कूद पड़े।

For five minutes the chaotic din was beyond description.
पांच मिनट तक अफरा-तफरी का शोर इतना था कि उसे बताया नहीं जा सकता।

Wild blows were struck and shots were fired.
जंगली हमले हुए और गोलियां चलाई गईं।

Some escaped arrest by running into the darkness.
कुछ लोग अंधेरे में भागकर गिरफ्तारी से बच निकले।

They had a better knowledge of the layout of the swamp.
उन्हें दलदल के लेआउट की बेहतर जानकारी थी।

But Legrasse and his men caught around half of them.
लेकिन लेग्रास और उसके आदमियों ने उनमें से लगभग आधे को पकड़ लिया।

And they counted around forty-seven sullen prisoners.
और उन्होंने लगभग सैंतालीस उदास कैदियों की गिनती की।

They were forced to put on their clothes again.
उन्हें फिर से अपने कपड़े पहनने के लिए मजबूर किया गया।

And they fell into line between two rows of policemen.
और वे पुलिसवालों की दो लाइनों के बीच लाइन में खड़े हो गए।

Five of the worshipers lay dead by the fire.
पांच श्रद्धालु आग के पास मरे पड़े थे।

Two severely wounded prisoners were carried away.
दो बुरी तरह घायल कैदियों को ले जाया गया।

Of course the image on the monolith was removed.
बेशक, मोनोलिथ पर लगी इमेज हटा दी गई थी।

Legrasse himself took the evidence to the police station.
लेग्रास खुद सबूत लेकर पुलिस स्टेशन गए।

The trip back to the headquarters was of intense strain.
हेडक्वार्टर वापस जाना बहुत मुश्किल था।

The men were examined when they got back to civilization.
जब वे लोग वापस आए तो उनकी जांच की गई।

The prisoners all proved to be men of a very low type.
सभी कैदी बहुत ही घटिया किस्म के आदमी निकले।

They were all mixed-blooded, and mentally aberrant.
वे सभी मिक्स्ड-ब्लड थे, और दिमागी तौर पर अजीब थे।

Most were seamen by trade, or some similar professions.
ज़्यादातर लोग या तो नाविक थे या फिर इसी तरह के दूसरे कामों से जुड़े थे।

Negroes and mulattoes were sprinkled among them.
उनमें नीग्रो और मुलतो भी थे।

But most seemed to be West Indians or Brava Portuguese.
लेकिन ज़्यादातर लोग वेस्ट इंडियन या ब्रावा पुर्तगाली लग रहे थे।

They primarily came from the Cape Verde Islands.
वे मुख्य रूप से केप वर्डे आइलैंड से आए थे।

They gave the heterogeneous cult a coloring of voodooism.
उन्होंने अलग-अलग तरह के पंथ को जादू-टोने का रंग दिया।

But there wasn't even a need to ask too many questions.
लेकिन बहुत ज़्यादा सवाल पूछने की ज़रूरत भी नहीं थी।

The conclusion quickly became manifest by itself.
नतीजा जल्दी ही अपने आप सामने आ गया।

Something far deeper than negro fetishism was involved.

इसमें नीग्रो फेटिशिज़्म से कहीं ज़्यादा गहरी बात शामिल थी।

Although ignorant, but their story was consistent.
हालांकि वे अनजान थे, लेकिन उनकी कहानी एक जैसी थी।

The creatures all spoke of the same central idea.
सभी जीव एक ही मुख्य विचार के बारे में बात कर रहे थे।

They certainly all shared the same loathsome faith.
वे सभी निश्चित रूप से एक ही घिनौने विश्वास को मानते थे।

They worshiped, so they said, the great old ones.
उन्होंने कहा, वे महान पुराने लोगों की पूजा करते थे।

The great old ones lived long before there were any men.
महान बुज़ुर्ग लोग इंसानों के होने से बहुत पहले रहते थे।

And they came to the young world out of the sky.
और वे आसमान से युवा दुनिया में आए।

Those old ones were now gone, they explained.
उन्होंने बताया कि वे पुराने लोग अब चले गए हैं।

They were now inside the earth and under the sea.
वे अब धरती के अंदर और समुद्र के नीचे थे।

But their dead bodies found ways to tell their secrets.
लेकिन उनकी लाशों ने अपने राज़ बताने के तरीके ढूंढ लिए।

They whispered into the dreams of the first men.
वे पहले लोगों के सपनों में फुसफुसाते थे।

And the first men formed a cult which has never died.
और पहले लोगों ने एक ऐसा पंथ बनाया जो कभी खत्म नहीं हुआ।

***

The cult had always existed, and always would exist.
यह पंथ हमेशा से था, और हमेशा रहेगा।

Their followers were hidden in wastes all over the world.
उनके अनुयायी पूरी दुनिया में बंजर भूमि में छिपे हुए थे।

Their followers were in dark places explorers overlooked.
उनके फॉलोअर्स उन अंधेरी जगहों पर थे, जिन्हें एक्सप्लोरर्स ने अनदेखा कर दिया था।

And they would remain hidden until they were called.
और वे तब तक छिपे रहेंगे जब तक उन्हें बुलाया नहीं जाएगा।

When the great priest Cthulhu rises again to the surface.
जब महान पुजारी क्थुलु फिर से सतह पर आता है।

When Cthulhu brings the earth again beneath his sway.
जब कथुलु पृथ्वी को फिर से अपने अधीन कर लेता है।

When Cthulhu leaves from his dark house in the mighty city of R'lyeh.
जब कथुलु शक्तिशाली शहर आर'ल्येह में अपने अंधेरे घर से निकलता है ।

Some day he was going call, when the stars were ready.
किसी दिन वह फ़ोन करने वाला था, जब सितारे तैयार थे।

And the secret cult will always be waiting to liberate him.
और सीक्रेट कल्ट हमेशा उसे आज़ाद करने का इंतज़ार करेगा।

Meanwhile, no more of his story must be told.
इस बीच, उसकी कहानी और नहीं बताई जानी चाहिए।

There was a secret even torture could not extract.
एक ऐसा राज़ था जिसे टॉर्चर भी नहीं निकाल सका।

Mankind was not alone among the conscious things of earth.
धरती पर जागरूक चीज़ों में इंसान अकेला नहीं था।

Because shapes came out of the dark to visit the faithful few.

क्योंकि आकृतियाँ अंधेरे से निकलकर कुछ वफादार लोगों से मिलने आईं।

But these were not the great old ones.
लेकिन ये पुराने महान लोग नहीं थे।

No man had ever seen the great old ones.
किसी भी आदमी ने कभी भी महान पुराने लोगों को नहीं देखा था।

The carven idol was of great Cthulhu.
नक्काशीदार मूर्ति महान कथुलु की थी।

None could say whether the others were like him.
कोई नहीं कह सकता था कि दूसरे लोग भी उसके जैसे थे।

No one could read the old writing now.
अब कोई भी पुरानी लिखावट नहीं पढ़ सकता था।

Instead, things were told by word of mouth.
इसके बजाय, बातें मुँह-ज़बानी बताई गईं।

The chanted ritual was not the secret.
मंत्रोच्चारण की रस्म कोई सीक्रेट नहीं थी।

The secret was never spoken aloud, only whispered.
यह राज़ कभी ज़ोर से नहीं बताया गया, सिर्फ़ फुसफुसाकर बताया गया।

The chant meant one thing, and one thing alone:
इस मंत्र का मतलब एक ही था, और सिर्फ़ एक ही:

"In his house at R'lyeh dead Cthulhu waits dreaming."
आर'ल्येह में उसके घर में मरा हुआ कथुलू सपने देखता हुआ इंतज़ार कर रहा है।"

Only two of the prisoners were found sane enough to be

hanged.
केवल दो कैदी ही फांसी देने लायक समझदार पाए गए।

The rest of them were committed to various institutions.
बाकी लोग अलग-अलग इंस्टीट्यूशन्स के लिए कमिटेड थे।

All denied to have taken any part in the ritual murders.
सभी ने रस्मी हत्याओं में किसी भी तरह का हिस्सा होने से इनकार किया।

They said the killing had been done by something else.
उन्होंने कहा कि हत्या किसी और वजह से हुई थी।

"The black-winged ones," the each insisted, separately.
"काले पंखों वाले," हर एक ने अलग-अलग ज़ोर दिया।

They had come to them from their immemorial meeting-

place.
वे उनके पास उनकी पुरानी मीटिंग की जगह से आए थे।

They had arisen out from the haunted woodlands.
वे भूतिया जंगलों से निकले थे।

But the stories of mysterious allies were inconsistent.
लेकिन रहस्यमयी साथियों की कहानियाँ एक जैसी नहीं थीं।

***

What the police did extract came mainly from one man.
पुलिस ने जो कुछ भी निकाला, वह मुख्य रूप से एक आदमी से मिला।

An immensely aged mestizo named Castro.
कास्त्रो नाम का एक बहुत बूढ़ा मेस्टिज़ो।

He claimed to have sailed to strange ports.
उन्होंने दावा किया कि वे अजीब बंदरगाहों पर गए हैं।

And he said he had been to the mountains of China.
और उन्होंने कहा कि वे चीन के पहाड़ों पर गए थे।

There he talked with undying leaders of the cult.
वहां उन्होंने पंथ के अमर नेताओं से बात की।

Old Castro remembered bits of hideous legend.

बूढ़े कास्त्रो को भयानक कहानियों के कुछ हिस्से याद थे।

His legends paled the speculations of theosophists.
उनकी कहानियाँ थियोसोफिस्टों की अटकलों के आगे फीकी पड़ गईं।

His stories made man seem like a recent creation.
उनकी कहानियों से ऐसा लगता है कि इंसान अभी-अभी बना है।

Even the world was transient in his account of things.
उनके हिसाब से दुनिया भी कुछ समय के लिए थी।

There had been eons when other Things ruled on the earth.
ऐसे युग थे जब पृथ्वी पर दूसरी चीज़ों का राज था।

And they had had great cities here on the earth.
और उनके पास धरती पर बड़े-बड़े शहर थे।

The deathless Chinamen told him reserved secrets.
अमर चीनियों ने उसे गुप्त रहस्य बताए।

He had told him their ruins could still be found.
उन्होंने उससे कहा था कि उनके खंडहर अभी भी मिल सकते हैं।

There were still Cyclopean stones on islands in the Pacific.
प्रशांत महासागर के द्वीपों पर अभी भी साइक्लोपियन पत्थर मौजूद थे।

They all died vast epochs of time before man came.
वे सभी इंसान के आने से बहुत पहले मर गए थे।

But there were knowledges and practices in ancients arts.
लेकिन पुरानी कलाओं में ज्ञान और प्रैक्टिस थे।

Special rituals which could revive them again, in time.
खास रस्में जो समय के साथ उन्हें फिर से ज़िंदा कर सकती हैं।

In the cycle of eternity their return was inevitable.
अनंत काल के चक्र में उनका लौटना ज़रूरी था।

When the stars come round again to the right positions
जब तारे फिर से सही जगह पर आ जाते हैं

They had, indeed themselves come from the stars.
वे तो खुद भी सितारों से आए थे।

"These great old ones," Castro continued.
"ये महान पुराने लोग," कास्त्रो ने आगे कहा।

They were not composed entirely of flesh and blood.
वे पूरी तरह से मांस और खून से बने नहीं थे।

They had shape," Castro insisted, confidently.
कास्त्रो ने पूरे आत्मविश्वास के साथ कहा, "उनका आकार ठीक था।"

And he had strange proof for what he believed.
और उसके पास जो वह मानता था उसके लिए अजीब सबूत थे।

But the shape they took on was not made of matter.
लेकिन उन्होंने जो आकार लिया वह मैटर से नहीं बना था।

When the stars were in their right positions.
जब तारे अपनी सही जगह पर थे।

Then they could plunge from one world to another.
तब वे एक दुनिया से दूसरी दुनिया में जा सकते थे।

Because they can move themselves through the sky.
क्योंकि वे खुद आसमान में घूम सकते हैं।

But when the stars were wrong, they cannot live.
लेकिन जब तारे गलत होते हैं, तो वे जीवित नहीं रह सकते।

And it is true that they no longer live like we do.
और यह सच है कि वे अब हमारी तरह नहीं रहते।

But despite that, they never really die either.
लेकिन इसके बावजूद, वे असल में कभी नहीं मरते।

They rest in stone houses in their great city of R'lyeh.
र'लयेह में पत्थर के घरों में आराम करते हैं।

They are preserved by the spells of mighty Cthulhu.

वे शक्तिशाली कथुलु के मंत्रों से सुरक्षित हैं।

So there they lie, unaffected by the passing of time.
तो वे वहीं पड़े रहते हैं, समय बीतने से उन पर कोई असर नहीं पड़ता।

And they wait for another glorious resurrection.
और वे एक और शानदार पुनरुत्थान का इंतज़ार करते हैं।

When the stars and earth are ready for them again.
जब तारे और धरती फिर से उनके लिए तैयार होंगे।

But they are still dependent on an outside force.
लेकिन वे अभी भी बाहरी ताकत पर निर्भर हैं।

A force from outside served to liberate their bodies.
बाहर से आई एक ताकत ने उनके शरीर को आज़ाद कर दिया।

The spells preserved them and kept them intact.
मंत्रों ने उन्हें बचाकर रखा और सही-सलामत रखा।

But the spells also kept them from breaking free.
लेकिन जादू-टोने ने उन्हें आज़ाद होने से भी रोक दिया।

So they could only lie awake in the dark and think.
इसलिए वे केवल अंधेरे में जागकर ही सोच सकते थे।

***

In the meantime uncounted millions of years rolled by.
इस बीच अनगिनत लाखों साल बीत गए।

They knew all that was occurring in the universe.
वे ब्रह्मांड में हो रही हर घटना को जानते थे।

Because their mode of speech was transmitted thought.
क्योंकि उनके बोलने का तरीका विचारों को फैलाना था।

Even now they were talking in their tombs.

अब भी वे अपनी कब्रों में बातें कर रहे थे।

Then, after infinities of chaos, the first men came.
फिर, बहुत सारी अव्यवस्था के बाद, पहले इंसान आए।

The great old ones spoke to the sensitive among them.
महान बुजुर्गों ने अपने बीच के संवेदनशील लोगों से बात की।

They spoke to them by molding their dreams.
उन्होंने उनके सपनों को ढालकर उनसे बात की।

Only that way could their language reach the fleshly minds

of mammals.
केवल इसी तरह से उनकी भाषा मैमल्स के दिमाग तक पहुंच सकती थी।

Then, whispered Castro, those first men formed the cult.
फिर, कास्त्रो ने धीरे से कहा, उन पहले लोगों ने पंथ बनाया।

They organized themselves around small idols.
उन्होंने खुद को छोटी मूर्तियों के आस-पास संगठित किया।

The small idols which the great ones had shown them.
वे छोटी-छोटी मूर्तियाँ जो महान लोगों ने उन्हें दिखाई थीं।

Idols brought from dim eras from dark stars.
अंधेरे युगों से अंधेरे सितारों से लाई गई मूर्तियाँ।

That cult would never die till the stars came right again.
वह पंथ तब तक नहीं मरेगा जब तक तारे फिर से सही न हो जाएं।

The secret priests were going to take great Cthulhu from His

tomb.
गुप्त पुजारी महान क़थुलु को उनकी कब्र से बाहर निकालने जा रहे थे।

And they were going to revive His subjects.
और वे उसकी प्रजा को फिर से ज़िंदा करने वाले थे।

And then Cthulhu was going to resume His rule of earth.

और फिर कुथुलु पृथ्वी पर अपना शासन फिर से शुरू करने जा रहा था।

The right time was going to reveal itself quite clearly.
सही समय अब साफ़-साफ़ सामने आने वाला था।

At that time mankind will have become as the great old ones.
उस समय इंसानियत महान पुराने लोगों जैसी हो जाएगी।

They will be free and wild and beyond good and evil.
वे आज़ाद और जंगली होंगे और अच्छाई और बुराई से परे होंगे।

Laws and morals are going to be thrown aside.
कानून और नैतिकता को किनारे कर दिया जाएगा।

All men will be shouting and killing and reveling in joy.
सभी लोग चिल्लाएंगे, मारेंगे और खुशी मनाएंगे।

Then the liberated old ones will teach them the new ways.
फिर आज़ाद हुए पुराने लोग उन्हें नए तरीके सिखाएंगे।

New ways to shout and kill and revel and enjoy.
चिल्लाने, मारने, मौज-मस्ती करने और मज़े करने के नए तरीके।

And all the earth will flame with a holocaust of ecstasy and freedom.
और सारी धरती खुशी और आज़ादी के प्रलय से जल उठेगी।

Meanwhile the cult had to practice the appropriate rites.
इस बीच पंथ को सही रीति-रिवाजों का पालन करना था।

They had to keep alive the memory of those ancient ways.
उन्हें उन पुराने तरीकों की याद को ज़िंदा रखना था।

And they had to shadow forth the prophecy of their return.
और उन्हें अपनी वापसी की भविष्यवाणी को आगे बढ़ाना था।

In the elder time chosen men spoke with the entombed Old Ones.

पुराने समय में चुने हुए लोग कब्र में दफ़न पुराने लोगों से बात करते थे।

The entombed Old Ones spoke to them in their dreams.
कब्र में दबे पुराने लोग उनसे सपनों में बात करते थे।

But then something disturbed their means of

communication.
लेकिन तभी किसी चीज़ ने उनके बातचीत के तरीके में रुकावट डाल दी।

The great stone in the city R'lyeh had sunk beneath the

waves.
शहर आर'ल्येह का बड़ा पत्थर लहरों के नीचे डूब गया था।

And the monoliths and sepulchers were beneath the waters.
और मोनोलिथ और कब्रें पानी के नीचे थीं।

Deep waters full of the one primal mystery.
एक ही मूल रहस्य से भरा गहरा पानी।

Waters through which not even thought can pass.
ऐसे पानी से होकर कोई सोच भी नहीं सकता।

Water that cut off their spectral communication.
पानी जिसने उनके स्पेक्ट्रल कम्युनिकेशन को काट दिया।

But the memory of the rites and rituals never died.
लेकिन रीति-रिवाजों की यादें कभी नहीं मरीं।

And high priests said that the city would rise again.
और बड़े पुजारियों ने कहा कि शहर फिर से उठ खड़ा होगा।

When the stars were right Cthulhu was going to return.
जब सितारे सही होंगे तो कुथुलु वापस आने वाला था।

The moldy black spirits of the earth will come out again.
धरती की काली आत्माएं फिर से बाहर आ जाएंगी।

Shadowy black spirits full of dim rumors.

धुंधली अफवाहों से भरी काली आत्माएं।

***

The spirits collected in caverns beneath forgotten sea-
bottoms.
आत्माएं भूले-बिसरे समुद्र के नीचे गुफाओं में इकट्ठा हो गईं।

But of those spirits old Castro dared not speak much.
लेकिन उन आत्माओं के बारे में बूढ़े कास्त्रो ने ज़्यादा बोलने की हिम्मत नहीं की।

And he hurriedly cut himself off from the topic.
और उसने जल्दी से खुद को इस टॉपिक से अलग कर लिया।

No amount of persuasion could elicit more in this direction.
कितना भी समझाने पर इस दिशा में और कुछ नहीं हो सकता।

No subtlety could convince him to speak of those spirits.
कोई भी बारीकी उसे उन आत्माओं के बारे में बात करने के लिए मना नहीं सकी।

The size of the old ones, too, he curiously declined to
mention.
पुराने लोगों का साइज़ भी, उन्होंने अजीब तरह से बताने से मना कर दिया।

And of the cult he spoke very little too.
और पंथ के बारे में भी उन्होंने बहुत कम बात की।

He thought the center lay amid the pathless deserts of
Arabia.
उनका मानना था कि इसका केंद्र अरब के बिना रास्ते वाले रेगिस्तानों के बीच है।

There in Irem, the City of Pillars, dreams hidden and untouched.
वहाँ इरेम में, खंभों के शहर में, सपने छिपे हुए और अछूते हैं।

This cult was not allied to the European witch-cult.
यह पंथ यूरोपियन डायन-पंथ से जुड़ा हुआ नहीं था।

And the cult was virtually unknown beyond its members.
और यह पंथ अपने सदस्यों के अलावा लगभग अनजान था।

No book had ever really hinted of their knowledge.
किसी भी किताब ने कभी भी उनके ज्ञान का सही संकेत नहीं दिया।

Though the deathless Chinamen said the mad Arab Abdul Alhazred came close.
हालांकि अमर चीनियों ने कहा कि पागल अरब अब्दुल अलहज़्रेड करीब आ गया था।

He said that there were double meanings in his Necronomicon.
उन्होंने कहा कि उनके नेक्रोनोमिकॉन में दोहरे अर्थ थे।

The initiated were free to read it if they wanted to.
अगर दीक्षा लेने वाले चाहें तो इसे पढ़ने के लिए आज़ाद थे।

And they should pay attention to one couplet in particular.
और उन्हें खास तौर पर एक दोहे पर ध्यान देना चाहिए।

"That which is not dead can sleep for eternity,"
"जो मरा नहीं है वह अनंत काल तक सो सकता है,"

"And with strange eons even death may die."
"और अजीब युगों के साथ मौत भी मर सकती है।"

Legrasse had been deeply impressed by what he heard.
लेग्रास ने जो सुना उससे वह बहुत प्रभावित हुआ।

And he was not a little bewildered by the tale.

और वह इस कहानी से थोड़ा हैरान भी था।

He inquired in vain about the historic affiliations of the cult.
उन्होंने बेकार में पंथ के ऐतिहासिक जुड़ाव के बारे में पूछताछ की।

Castro, apparently, had told the truth about the oath of
secrecy.
कास्त्रो ने, जाहिर तौर पर, गोपनीयता की शपथ के बारे में सच कहा था।

The authorities at Tulane University could not offer much
help either.
टुलेन यूनिवर्सिटी के अधिकारी भी ज़्यादा मदद नहीं कर सके।

The were not able to shed no light upon neither cult, nor the
image.
वे न तो पंथ पर और न ही छवि पर कोई रोशनी डाल पाए।

And now the detective had come to the highest authorities in
the country.
और अब जासूस देश के सबसे बड़े अधिकारियों के पास आ गया था।

And he heard none other than Professor Webb' tale in
Greenland.
और उन्होंने ग्रीनलैंड में प्रोफेसर वेब की कहानी के अलावा और कुछ नहीं सुना।

***

Legrasse's tale aroused feverish interest at the meeting.
लेग्रास की कहानी ने मीटिंग में बहुत दिलचस्पी जगाई।

The story was not only significant in its implications.
यह कहानी सिर्फ़ अपने मतलब में ही ज़रूरी नहीं थी।

But the story was also corroborated by the statuette.

लेकिन इस कहानी की पुष्टि मूर्ति से भी हुई।

The excitement echoed in the subsequent correspondence.
यह उत्साह बाद के पत्र-व्यवहार में भी दिखाई दिया।

Those who attended stayed in close contact with each other.
जो लोग शामिल हुए, वे एक-दूसरे के साथ करीबी संपर्क में रहे।

Although scant mention occurs in the formal publications.
हालांकि फॉर्मल पब्लिकेशन में इसका ज़िक्र बहुत कम है।

Caution is the first care of those accustomed to charlatanry.
जो लोग धोखेबाज़ी के आदी हैं, उनके लिए सावधानी सबसे पहली ज़रूरत है।

Impostures are kept out as much as it is possible.
जितना हो सके, झूठ को बाहर रखा जाता है।

Legrasse for some time lent the image to Professor Webb.
लेग्रास ने कुछ समय के लिए यह तस्वीर प्रोफेसर वेब को दी।

But at the latter's death the image was returned to him.
लेकिन उनकी मृत्यु के बाद प्रतिमा उन्हें वापस कर दी गई।

And the image remains in Legrasse's possession.
और यह तस्वीर लेग्रास के पास ही है।

This is where I viewed the terrible image not long ago.
यहीं पर मैंने कुछ समय पहले वह भयानक तस्वीर देखी थी।

The image is unmistakably akin to Wilcox' dream-sculpture.
यह इमेज साफ़ तौर पर विलकॉक्स की ड्रीम-स्कल्पचर जैसी है।

It was no wonder my uncle was so excited by his tale.
इसमें कोई हैरानी की बात नहीं थी कि मेरे चाचा अपनी कहानी से इतने
उत्साहित थे।

And I'm not surprised he made the efforts he made.
और मुझे इस बात पर हैरानी नहीं है कि उन्होंने जो कोशिशें कीं, वे सच थीं।

He had heard everything Legrasse knew of the cult.

उसने लेग्रास से पंथ के बारे में जो कुछ भी सुना था, वह सब सुन लिया था।

And the strange cultish dreams of a sensitive young man.
और एक सेंसिटिव नौजवान के अजीब कल्ट वाले सपने।

The bas-relief just like the one from the swamp.
यह बेस-रिलीफ बिल्कुल दलदल जैसी है।

The addition of the devil tablet in Greenland.
ग्रीनलैंड में डेविल टैबलेट का जुड़ना।

The exact same words used in three remote occurrences.
तीन अलग-अलग घटनाओं में एक जैसे शब्द इस्तेमाल किए गए।

The Eskimo diabolists, the mongrels in Louisiana, and then

Wilcox.
एस्किमो शैतान, लुइसियाना के मोंगरेल, और फिर विलकॉक्स।

What other conclusion could one possibly have come to?
कोई और किस नतीजे पर पहुँच सकता था?

It's only natural Professor Angel pursued this conclusion.
यह तो स्वाभाविक ही है कि प्रोफेसर एंजेल ने इस नतीजे पर पहुंचने की कोशिश की।

And I wouldn't have expected him to be less thorough.
और मुझे उम्मीद नहीं थी कि वह कम डिटेल में काम करेंगे।

My great-uncle was a man of principled academic rigor.
मेरे परदादा एकेडमिक तौर पर बहुत सख्त थे।

Though privately I also had other plausible theories.
हालांकि मेरे मन में दूसरी सही थ्योरी भी थीं।

I suspected young Wilcox of having heard of the cult.
मुझे शक था कि युवा विलकॉक्स ने इस पंथ के बारे में सुना होगा।

Maybe he had heard of the cult in some indirect way.

हो सकता है कि उसने किसी इनडायरेक्ट तरीके से उस कल्ट के बारे में सुना हो।

He could easily have invented a series of dreams.
वह आसानी से सपनों की एक सीरीज़ बना सकता था।

That way he could heighten and continue the mystery.
इस तरह वह रहस्य को और बढ़ा सकता था और जारी रख सकता था।

The dream-narratives and cuttings collected did of course corroborate.
सपनों की कहानियाँ और इकट्ठा की गई कटिंग्स ने ज़रूर इसकी पुष्टि की।

But the rationalism of my mind had not yet been satisfied.
लेकिन मेरे मन की बुद्धि अभी भी संतुष्ट नहीं हुई थी।

Coincidences can form highly believable illusions too.
इत्तेफ़ाक से बहुत भरोसेमंद भ्रम भी बन सकते हैं।

And we have to bear in mind the extravagance of the whole subject.
और हमें पूरे विषय की फिजूलखर्ची को ध्यान में रखना होगा।

So I was led to adopt what I thought the most sensible conclusions.
इसलिए मुझे वही नतीजे अपनाने पड़े जो मुझे सबसे सही लगे।

I thoroughly studied the manuscript from the beginning.
मैंने शुरू से ही मैन्युस्क्रिप्ट का अच्छी तरह अध्ययन किया।

And I correlated the theosophical and anthropological notes.
और मैंने थियोसोफिकल और एंथ्रोपोलॉजिकल नोट्स को कोरिलेट किया।

I compared the literature with the cult narrative of Legrasse.
मैंने लिटरेचर की तुलना लेग्रास की कल्ट कहानी से की।

I made a trip to Providence to see the sculptor.

मैं मूर्तिकार से मिलने प्रोविडेंस गया।

And I intended to give him the rebuke I thought proper.
और मेरा इरादा उसे वह डांट देने का था जो मुझे सही लगा।

There must be consequences, I felt, for the trick he played.
मुझे लगा कि उसने जो चाल चली है, उसके नतीजे ज़रूर होंगे।

He had boldly imposed himself upon a learned and aged

man.
उन्होंने हिम्मत से खुद को एक पढ़े-लिखे और बूढ़े आदमी पर थोप दिया था।

***

Wilcox still lived alone where my uncle had met him.
विलकॉक्स अभी भी वहीं अकेले रहते थे जहां मेरे चाचा उनसे मिले थे।

In the Fleur-de-Lys Building in Thomas Street.
थॉमस स्ट्रीट में फ्लेउर-डी-लिस बिल्डिंग में।

A hideous Victorian imitation of Seventeenth Century

Breton architecture.
सत्रहवीं सदी के ब्रेटन आर्किटेक्चर की एक भयानक विक्टोरियन नकल।

The building flaunted its stuccoed front amidst its

surroundings.
इमारत अपने आस-पास के माहौल के बीच अपने प्लास्टर वाले सामने के हिस्से को दिखा रही थी।

There were lovely Colonial houses on the ancient hill.
पुरानी पहाड़ी पर सुंदर कॉलोनियल घर थे।

And the house stood under the shadow of the finest

Georgian steeple in America.

और यह घर अमेरिका के सबसे बेहतरीन जॉर्जियन चर्च की छाया में खड़ा था।

I found him at work in his rooms, among his sculptures.
मैंने उन्हें अपने कमरे में, अपनी मूर्तियों के बीच काम करते हुए पाया।

The specimens scattered came from a very unique mind.
बिखरे हुए नमूने एक बहुत ही अनोखे दिमाग से आए थे।

At once I conceded that his genius is indeed profound and
authentic.
मैंने तुरंत मान लिया कि उनकी प्रतिभा वाकई गहरी और असली है।

He has crystallized in clay that which Arthur Machen evokes
in prose.
उन्होंने मिट्टी में वह सब कुछ उकेरा है जो आर्थर मैकेन गद्य में दिखाते हैं।

He mirrored in marble the nightmares Clark Ashton Smith
put to canvas.
उन्होंने क्लार्क एश्टन स्मिथ के कैनवास पर उतारे गए बुरे सपनों को मार्बल में
दिखाया।

He will, I believe, be spoken of one day as one of the great
decadents.
मेरा मानना है कि एक दिन उन्हें महान पतनशील लोगों में से एक कहा जाएगा।

He was dark, frail, and somewhat unkempt in aspect.
वह सांवला, कमज़ोर और कुछ हद तक अस्त-व्यस्त था।

He turned languidly at my knock on his door.
मेरे दरवाज़े पर दस्तक देने पर वह आलस से मुड़ा।

He didn't rise from his seat when I came in.
जब मैं अंदर आया तो वह अपनी सीट से नहीं उठा।

And he asked me what the purpose of my visit was.
और उन्होंने मुझसे पूछा कि मेरे आने का मकसद क्या था।

When I told him who I was his interest was piqued.

जब मैंने उसे बताया कि मैं कौन हूं तो उसकी दिलचस्पी बढ़ गई।

My uncle had excited his curiosity by probing his strange dreams.
मेरे चाचा ने उनके अजीब सपनों की जांच करके उनकी जिज्ञासा बढ़ा दी थी।

Although he had never explained the reason for the study.
हालांकि उन्होंने कभी भी इस स्टडी का कारण नहीं बताया।

I did not enlarge his knowledge in this regard.
मैंने इस बारे में उनकी जानकारी नहीं बढ़ाई।

But I sought with some subtlety to gain his confidence.
लेकिन मैंने कुछ बारीकी से उसका भरोसा जीतने की कोशिश की।

In a short time I became convinced of his absolute sincerity.
कुछ ही समय में मुझे उसकी पूरी ईमानदारी का यकीन हो गया।

He spoke of the dreams in a manner none could mistake.
उन्होंने सपनों के बारे में इस तरह बताया कि कोई गलती नहीं कर सकता था।

His dreams' subconscious residuum had influenced his art profoundly.
उनके सपनों के सबकॉन्शियस रेसिड्यूम ने उनकी कला पर बहुत ज़्यादा असर डाला था।

He showed me a morbid statue of the likes I had never seen before.
उन्होंने मुझे एक ऐसी भयानक मूर्ति दिखाई जो मैंने पहले कभी नहीं देखी थी।

The statue's contours almost made me shake with fear.
मूर्ति की बनावट देखकर मैं डर से कांपने लगा।

The potency of the statue's black suggestion was overbearing.
मूर्ति के काले रंग की ताकत बहुत ज़्यादा थी।

He could not recall having seen the original of this thing.

उसे याद नहीं आ रहा था कि उसने इस चीज़ का ओरिजिनल रूप देखा था।

But the statue was inspired by his own dream bas-relief.
लेकिन यह मूर्ति उनके अपने सपनों के बेस-रिलीफ से प्रेरित थी।

The outlines had formed themselves insensibly under his
hands.
आउटलाइन उसके हाथों से अनजाने में ही बन गई थी।

It was, no doubt, the giant shape he had raved of in
delirium.
इसमें कोई शक नहीं कि यह वही विशाल आकार था जिसकी उसने दीवानगी में
तारीफ़ की थी।

That he really knew nothing of the hidden cult he soon
made clear.
उन्होंने जल्द ही यह साफ़ कर दिया कि उन्हें असल में छिपे हुए पंथ के बारे में
कुछ नहीं पता था।

Only my uncle's relentless catechism had given him some
clues,
सिर्फ़ मेरे चाचा की लगातार धर्म-शिक्षा से ही उन्हें कुछ सुराग मिले थे,

And again I strove to explain the obvious conclusions away.
और फिर मैंने साफ़ नतीजों को समझाने की कोशिश की।

How he could possibly have received the weird
impressions?
उसे ये अजीब इंप्रेशन कैसे मिले होंगे?

He talked of his dreams in a strangely poetic fashion.
उन्होंने अपने सपनों के बारे में अजीब तरह से कविता की तरह बात की।

He made me see with terrible vividness the vistas of his
dream.

उसने मुझे अपने सपने के नज़ारे बहुत साफ़-साफ़ दिखाए।

The damp Cyclopean city of slimy green stone.
चिपचिपे हरे पत्थर का नम साइक्लोपियन शहर।

The geometry he oddly said, was all wrong.
उन्होंने अजीब तरह से कहा कि ज्योमेट्री पूरी तरह गलत थी।

And he spoke of what he heard with frightened expectancy.
और उसने जो सुना, उसे डरी हुई उम्मीद के साथ बताया।

The ceaseless, half-mental calling from underground:
अंडरग्राउंड से लगातार, आधी-अधूरी आवाज़:

"Cthulhu fhtagn... Cthulhu fhtagn"
" कथुलू फ़हतागिन... कथुलू फ़हतागिन "

These words had formed part of that dreaded ritual.
ये शब्द उस डरावने रिचुअल का हिस्सा बन गए थे।

The ritual the told of dead Cthulhu's dream-vigil.
इस रस्म में मरे हुए कथुलु के सपनों की निगरानी के बारे में बताया गया था।

The ritual that told of his stone vault at R'lyeh.
वह रस्म जिसमें आर'ल्येह में उनके पत्थर के गुंबद के बारे में बताया गया था।

And I felt deeply moved, despite my rational beliefs.
और मेरी समझदारी भरी सोच के बावजूद, मैं बहुत ज़्यादा भावुक हो गया।

Wilcox, I was sure, had heard of the cult in some casual way.
मुझे यकीन था कि विलकॉक्स ने इस पंथ के बारे में कभी न कभी सुना होगा।

He spent his time in a mass of equally weird literature.
उन्होंने अपना समय अजीबोगरीब लिटरेचर के ढेर में बिताया।

He must have forgotten the source of his knowledge.
वह अपने ज्ञान का स्रोत भूल गया होगा।

Later the cult had found subconscious expression in his

dreams.

बाद में पंथ को अपने सपनों में सबकॉन्शियस एक्सप्रेशन मिला।

But this is natural when stories are so impressive.
लेकिन जब कहानियाँ इतनी प्रभावशाली हों तो यह स्वाभाविक है।

Finally the cult's ideas manifested themselves in the bas-

relief.
आखिरकार, पंथ के विचार बेस-रिलीफ में दिखाई दिए।

And now the subject of the cult manifested itself in the

terrible statue.
और अब पंथ का विषय भयानक मूर्ति में प्रकट हुआ।

I was convinced his imposture upon my uncle had been very

innocent.
मुझे यकीन हो गया कि मेरे चाचा के साथ उसका धोखा बहुत ही मासूम था।

He both slightly affected, and slightly ill-mannered.
वह थोड़ा इमोशनल और थोड़ा बदतमीज़ था।

He had a disposition which I could never like.
उसका स्वभाव ऐसा था जो मुझे कभी पसंद नहीं आया।

But I was willing enough now to admit his genius.
लेकिन अब मैं उसकी प्रतिभा को मानने के लिए तैयार था।

And I have no way of denying his honesty either.
और मेरे पास उसकी ईमानदारी को नकारने का कोई तरीका भी नहीं है।

Despite my initial feelings, I took leave of him amicably.
अपनी शुरुआती भावनाओं के बावजूद, मैंने उनसे अच्छे से विदा ली।

And I wish him all the success his talent promises.
और मैं उनके टैलेंट से मिलने वाली सफलता की कामना करता हूँ।

***

The matter of the cult continued to fascinate me.
पंथ का मामला मुझे लगातार आकर्षित करता रहा।

At times I had visions of the personal fame I could attain.
कभी-कभी मुझे लगता था कि मैं कितनी शोहरत पा सकता हूँ।

I visited New Orleans and talked with Legrasse.
मैं न्यू ऑरलियन्स गया और लेग्रास से बात की ।

And I spoke with other policemen of that swamp raid.
और मैंने उस दलदली रेड के दूसरे पुलिसवालों से भी बात की।

I saw the frightful image with my own eyes.
मैंने अपनी आँखों से वह डरावनी तस्वीर देखी।

And I even questioned some of the surviving mongrel

prisoners.
और मैंने कुछ बचे हुए मोंगरेल कैदियों से भी पूछताछ की।

Old Castro, unfortunately, had been dead for some years.
बदकिस्मती से, ओल्ड कास्त्रो कुछ सालों से मरे हुए थे।

What I now heard so graphically at first hand excited me

afresh.
जो मैंने अब पहली बार इतने साफ़-साफ़ सुना, उससे मैं फिर से उत्साहित हो
गया।

Though it was really no more than a detailed confirmation.
हालांकि असल में यह एक डिटेल्ड कन्फर्मेशन से ज़्यादा कुछ नहीं था।

What they told me I had already read in my uncle's notes.
उन्होंने जो बताया, वह मैंने अपने चाचा के नोट्स में पहले ही पढ़ लिया था।

I felt sure that I was on the track of a very real secret.
मुझे पक्का यकीन हो गया कि मैं एक बहुत ही असली सीक्रेट के रास्ते पर हूँ।

And I was sure I was going to discover a very ancient religion.
और मुझे यकीन था कि मैं एक बहुत पुराने धर्म की खोज करने जा रहा हूँ।

The discovery would make me an anthropologist of note.
इस खोज से मैं एक जाना-माना एंथ्रोपोलॉजिस्ट बन जाऊंगा।

My attitude was still one of absolute rational materialism.
मेरा नज़रिया अब भी पूरी तरह से रैशनल मटेरियलिज़्म वाला था।

And I wish my attitude to the subject matter had not changed.
और काश इस विषय के प्रति मेरा नज़रिया बदला न होता।

I discounted with almost inexplicable perversity the coincidences.
मैंने लगभग अजीब तरह से इत्तेफ़ाक को नज़रअंदाज़ कर दिया।

The dream notes and odd cuttings collected by Professor Angell.
प्रोफेसर एंजेल द्वारा इकट्ठा किए गए ड्रीम नोट्स और अजीब कटिंग्स।

One thing I began to doubt was the cause of my uncle's death.
एक बात जिस पर मुझे शक होने लगा, वह थी मेरे चाचा की मौत का कारण।

I began to suspect his death was far from natural.
मुझे शक होने लगा कि उसकी मौत नेचुरल नहीं थी।

And I now fear I know my uncle's death was not natural.
और अब मुझे डर है कि मेरे चाचा की मौत नेचुरल नहीं थी।

It was on a narrow hill street where he fell.
वह एक पतली पहाड़ी सड़क पर गिरा था।

The street lead up from the ancient waterfront.

यह सड़क पुराने वॉटरफ़्रंट से ऊपर जाती है।

The port-town swarms with foreign mongrels.
पोर्ट-टाउन में विदेशी कुत्तों की भरमार है।

He fell after a careless push from a negro sailor.
एक नीग्रो नाविक के लापरवाही से धक्का देने के बाद वह गिर गया।

I had not forgotten the mixed blood of the cult-members in

Louisiana.
मैं लुइसियाना में पंथ के सदस्यों के मिले-जुले खून को नहीं भूला था।

I had not forgotten the sailors in the voodoo orgy.
मैं वूडू ऑर्जी में नाविकों को नहीं भूला था।

And would not be surprised to learn that they had other

knowledge too.
और यह जानकर हैरानी नहीं होगी कि उनके पास और भी जानकारी थी।

Secret methods as anciently known as the cryptic rites.
गुप्त तरीके जिन्हें पुराने समय में क्रिप्टिक रीति-रिवाज के नाम से जाना जाता
था।

Poison needles as ruthless their demonic beliefs.
ज़हर की सुई उनके शैतानी विश्वासों को बेरहम बनाती है।

Legrasse and his men, it is true, have been let alone.
लेग्रास और उसके आदमियों को अकेला छोड़ दिया गया है।

But in Norway a certain seaman who saw things is dead.
लेकिन नॉर्वे में एक नाविक जो चीज़ें देखता था, मर चुका है।

Might not sinister ears have picked up my uncle's interest in

the sculptor?
क्या किसी बुरे कान ने मेरे चाचा की मूर्तिकार में दिलचस्पी नहीं पकड़ ली
होगी?

Might not the deeper inquiries of my uncle have drawn

someone's attention?
क्या मेरे चाचा की गहरी पूछताछ ने किसी का ध्यान नहीं खींचा होगा?

I think Professor Angell died because he knew too much.
मुझे लगता है कि प्रोफेसर एंजेल की मृत्यु इसलिए हुई क्योंकि वह बहुत ज़्यादा जानते थे।

Or he died because he was likely to learn too much.
या फिर वह इसलिए मर गया क्योंकि उसे बहुत ज़्यादा सीखने की संभावना थी।

Whether I shall go out as he did remains to be seen.
मैं भी उनकी तरह बाहर जाऊंगा या नहीं, यह देखना अभी बाकी है।

Because I too have learned much about Cthulhu.
क्योंकि मैंने भी कथुलु के बारे में बहुत कुछ सीखा है।

The Madness from the Sea
समुद्र से पागलपन

There is one great boon heaven could grant me.
स्वर्ग मुझे एक बड़ा वरदान दे सकता है।

The total effacing of the results of a mere chance.
महज संयोग के परिणामों का पूरी तरह से मिटाना।

I wish I had never seen that stray piece of paper.
काश मैंने कभी कागज़ का वह टुकड़ा नहीं देखा होता।

My daily routine would normally not have taken me there.
मेरा डेली रूटीन मुझे आम तौर पर वहाँ नहीं ले जाता।

On any other day I would not have noticed anything.
किसी और दिन मुझे कुछ भी पता नहीं चलता।

It was an old number of an Australian journal.
यह एक ऑस्ट्रेलियाई जर्नल का पुराना अंक था।

The Sydney Bulletin for April 18, 1925
18 अप्रैल, 1925 का सिडनी बुलेटिन

The paper had even slipped past the cutting bureau.
यह पेपर कटिंग ब्यूरो से भी निकल गया था।

I had largely given over my inquiries to a friend.
मैंने अपनी ज़्यादातर पूछताछ एक दोस्त को सौंप दी थी।

He had taken on the work of most of the research.
उन्होंने ज़्यादातर रिसर्च का काम अपने ऊपर ले लिया था।

He had come to refer to the group as the "Cthulhu Cult".
वह इस ग्रुप को "कथुलु कल्ट" कहने लगे थे।

I was visiting my learned friend of Paterson, New Jersey.
मैं पैटरसन, न्यू जर्सी में अपने विद्वान मित्र से मिलने गया था।

The curator of a local museum, and a mineralogist of note.
एक लोकल म्यूज़ियम के क्यूरेटर और जाने-माने मिनरलोगिस्ट।

While at his museum I had access to the reserved specimens.
उनके म्यूज़ियम में मुझे रिज़र्व किए गए स्पेसिमेन मिले।

And this is when an odd picture caught my attention.
और इसी समय एक अजीब तस्वीर ने मेरा ध्यान खींचा।

Beneath one of the stones was the Sydney Bulletin I
mentioned.
एक पत्थर के नीचे सिडनी बुलेटिन रखा था, जिसका मैंने ज़िक्र किया था।

My friend has wide affiliations in all conceivable foreign
lands.
मेरे दोस्त के सभी विदेशी देशों में बहुत ज़्यादा जुड़ाव हैं।

The picture was a half-tone cut of a hideous stone image.
यह तस्वीर एक भयानक पत्थर की तस्वीर का हाफ-टोन कट थी।

Almost identical with the stone Legrasse had found in the
swamp.
यह पत्थर लगभग वैसा ही था जैसा लेग्रास को दलदल में मिला था।

Eagerly I read the article for its precious contents.
मैं उत्सुकता से आर्टिकल के कीमती कंटेंट को पढ़ता रहा।

But I was disappointed to find that it was just a short article.
लेकिन मुझे यह जानकर निराशा हुई कि यह सिर्फ़ एक छोटा सा आर्टिकल था।

Although brief, the information was of portentous
significance.
हालांकि यह जानकारी छोटी थी, लेकिन यह बहुत ज़रूरी थी।

***

"MYSTERY DERELICT FOUND AT SEA"
"समुद्र में रहस्यमयी लावारिस वस्तु मिली"

Vigilant Arrives With Helpless Armed New Zealand Yacht

in Tow.
विजिलेंट बेबस हथियारबंद न्यूज़ीलैंड यॉट को साथ लेकर पहुंचा।

One Survivor and one Dead Man Found Aboard.
एक ज़िंदा और एक मरा हुआ आदमी जहाज़ पर मिला।

Tale of Desperate Battle and Deaths at Sea.
समुद्र में भयानक लड़ाई और मौत की कहानी।

Rescued Seaman Refuses Particulars of Strange Experience.
बचाए गए नाविक ने अजीब अनुभव की जानकारी देने से मना कर दिया।

Odd Idol Found in His Possession, Inquiry to Follow.
उसके पास से अजीब मूर्ति मिली, जांच जारी है।

The Alert of Dunedin yacht, N.Z., had been disabled in

battle.
NZ की डुनेडिन यॉट का अलर्ट लड़ाई में खराब हो गया था।

Previously the ship had left from Valparaiso on March 25th.
इससे पहले जहाज 25 मार्च को वालपराइसो से रवाना हुआ था।

On April 2nd the ship was driven considerably south of her

course.
2 अप्रैल को जहाज़ को उसके रास्ते से काफी दक्षिण की ओर ले जाया गया।

Exceptionally heavy storms had redirected the ship.
बहुत ज़्यादा भारी तूफ़ान ने जहाज़ की दूसरी तरफ़ मोड़ दिया था।

Monster waves forced the ship to take a different route.
बड़ी लहरों ने जहाज़ को दूसरा रास्ता लेने पर मजबूर कर दिया।

On April 12th the ship was sighted by another ship.

12 अप्रैल को जहाज को दूसरे जहाज ने देखा।

Latitude 34° 21', Longitude 152° 17'
अक्षांश 34° 21', देशांतर 152° 17'

Initially they thought the ship had been deserted.
शुरू में उन्हें लगा कि जहाज़ सुनसान हो गया है।

But one still living man had been found on board.
लेकिन जहाज़ पर एक ज़िंदा आदमी मिला था।

This lone survivor was in a half-delirious condition.
यह अकेला बचा हुआ व्यक्ति आधी बेहोशी की हालत में था।

The only other victim found was a man already dead a week.
एकमात्र दूसरा शिकार एक आदमी था जो एक हफ़्ते पहले ही मर चुका था।

Now the heavily armed steam yacht was being towed.
अब भारी हथियारों से लैस स्टीम यॉट को खींचा जा रहा था।

And this morning the ship was coming in to its wharf.
और आज सुबह जहाज़ अपने घाट पर आ रहा था।

The living man was clutching a horrible stone idol.
ज़िंदा आदमी एक भयानक पत्थर की मूर्ति को पकड़े हुए था।

The stone idol was about a foot in height.
पत्थर की मूर्ति की ऊंचाई लगभग एक फुट थी।

And the origins of the stone were completely unknown.
और पत्थर की शुरुआत पूरी तरह से अनजान थी।

Authorities at Sydney university were baffled.
सिडनी यूनिवर्सिटी के अधिकारी हैरान थे।

The Royal Society couldn't offer information about the idol.
रॉयल सोसाइटी मूर्ति के बारे में जानकारी नहीं दे सकी।

And the Museum in College street had no insights either.
और कॉलेज स्ट्रीट के म्यूज़ियम में भी कोई जानकारी नहीं थी।

The survivor says he found the stone in the cabin of the yacht.
बचे हुए व्यक्ति का कहना है कि उसे यह पत्थर यॉट के केबिन में मिला।

Allegedly the idol was in a small carved shrine.
कहा जाता है कि मूर्ति एक छोटे से नक्काशीदार मंदिर में थी।

And the carvings of the shrine were of common pattern.
और मंदिर की नक्काशी आम पैटर्न की थी।

This man eventually recovered back to his senses.
यह आदमी आखिरकार होश में आ गया।

And he told an exceedingly strange story of piracy and slaughter.
और उसने चोरी और कत्लेआम की एक बहुत ही अजीब कहानी सुनाई।

He is Gustaf Johansen, a Norwegian of some intelligence.
वह गुस्ताफ जोहानसन हैं, जो कुछ हद तक बुद्धिमान नॉर्वेवासी हैं।

And he had been second mate of the two-masted schooner Emma of Auckland.
और वह ऑकलैंड के दो मस्तूल वाले स्कूनर एम्मा के सेकंड मेट थे।

The ship sailed for Callao February 20th, manned by eleven sailors.
जहाज़ 20 फरवरी को कैलाओ के लिए रवाना हुआ, जिसमें ग्यारह नाविक थे।

The ship, he says, was delayed and thrown widely south of her course.
उनका कहना है कि जहाज़ में देरी हुई और वह अपने रास्ते से दक्षिण की ओर बहुत दूर चला गया।

There was a great storm on March 1st, and on March 22nd.
1 मार्च और 22 मार्च को बहुत बड़ा तूफान आया।

On their journey they encountered another ship.
अपनी यात्रा के दौरान उन्हें एक और जहाज़ मिला।

This was in S. Latitude 49° 51´, W. Longitude 128° 34´
यह S. लैटीट्यूड 49° 51´, W. लॉन्गीट्यूड 128° 34´ में था

This ship was manned by a queer and evil-looking crew.
इस जहाज़ पर अजीब और बुरे दिखने वाले क्रू का स्टाफ़ था।

All the men were of Kanakas and half-castes.
सभी पुरुष कनक और अर्ध-जाति के थे।

Being ordered peremptorily to turn back, Capt. Collins
refused.
कैप्टन कोलिन्स को वापस लौटने का सख्त आदेश दिया गया, लेकिन उन्होंने
मना कर दिया।

Without warning the strange crew began to shoot savagely
upon the schooner.
बिना किसी चेतावनी के अजीब क्रू ने स्कूनर पर बुरी तरह से गोलियां चलानी
शुरू कर दीं।

They shot a peculiarly heavy battery of brass cannon.
उन्होंने पीतल की तोपों की एक अजीब भारी बैटरी चलाई।

The men from his ship showed fighting spirit, says the
survivor.
बचे हुए व्यक्ति का कहना है कि उसके जहाज़ के लोगों ने लड़ने का जज़्बा
दिखाया।

The schooner began to sink from shots beneath the
waterline.
पानी की लाइन के नीचे गोलियों की वजह से स्कूनर डूबने लगा।

But they managed to heave alongside their enemy boat, and
board her.

लेकिन वे अपनी दुश्मन की नाव के पास पहुंचने में कामयाब रहे और उस पर चढ़ गए।

They grappled with the savage crew on the yacht's deck.
वे यॉट के डेक पर क्रूर क्रू से जूझते रहे।

Their mode of fighting seemed to be strangely clumsy.
उनका लड़ने का तरीका अजीब तरह से अजीब लग रहा था।

But defeat did not seem to be an option for these savage men.
लेकिन इन जंगली लोगों के लिए हार कोई ऑप्शन नहीं था।

They had a particularly abhorrent and desperate way of fighting.
उनका लड़ने का तरीका बहुत ही घिनौना और हताश करने वाला था।

So they had no choice but to kill all men of the enemy ship.
इसलिए उनके पास दुश्मन जहाज़ के सभी लोगों को मारने के अलावा कोई चारा नहीं था।

Three of their men were also killed in the fight.
लड़ाई में उनके तीन आदमी भी मारे गए।

Capt. Collins and First Mate Green were among the dead.
मरने वालों में कैप्टन कोलिन्स और फर्स्ट मेट ग्रीन भी शामिल थे।

Second Mate Johansen took over control from First Mate Green.
सेकंड मेट जोहानसन ने फर्स्ट मेट ग्रीन से कंट्रोल ले लिया।

And the remaining eight men proceeded to navigate the captured yacht.
और बाकी आठ आदमी पकड़े गए यॉट को नेविगेट करने के लिए आगे बढ़े।

They proceeded to continue in the original direction they were going.

वे उसी दिशा में आगे बढ़ते रहे जिस दिशा में वे जा रहे थे।

To see if there had been any reason they were ordered to turn around.
यह देखने के लिए कि क्या कोई कारण था, उन्हें वापस लौटने का आदेश दिया गया।

***

The next day, it appears, they landed on a small island.
ऐसा लगता है कि अगले दिन वे एक छोटे से द्वीप पर उतरे।

Although no island is known to exist in that part of the ocean.
हालांकि समुद्र के उस हिस्से में किसी द्वीप के होने की जानकारी नहीं है।

Six of the men somehow died ashore while on the island.
इनमें से छह लोग किसी तरह आइलैंड पर ही मर गए।

Though Johansen is queerly reticent about this part of his story.
हालांकि जोहानसन अपनी कहानी के इस हिस्से के बारे में अजीब तरह से चुप हैं।

And he speaks only of their falling into a rock chasm.
और वह सिर्फ़ उनके चट्टानी खाई में गिरने की बात करता है।

Later, it seems, he and one companion boarded the yacht.
बाद में, ऐसा लगता है, वह और उसका एक साथी यॉट पर चढ़ गए।

Together they tried to sail the ship, undermanned.
उन्होंने मिलकर जहाज़ को चलाने की कोशिश की, जिसमें कम लोग थे।

But they were beaten about by the storm of April 2nd.
लेकिन 2 अप्रैल के तूफ़ान ने उन्हें बुरी तरह से घायल कर दिया।

From that time till his rescue on the 12th, the man remembers little.

उस समय से लेकर 12 तारीख को बचाए जाने तक, उस आदमी को बहुत कम याद है।

And he does not even recall when William Briden, his companion, died.

और उसे यह भी याद नहीं कि उसके साथी विलियम ब्राइडन की मौत कब हुई थी।

Autopsy could reveal no obvious cause to Briden's death.

ऑटोप्सी से ब्राइडन की मौत का कोई साफ़ कारण पता नहीं चल सका।

The most likely cause of death is exposure to the elements.

मौत का सबसे संभावित कारण मौसम के संपर्क में आना है।

The Dunedin reported that their boat, the Alert, was well known.

डुनेडिन ने बताया कि उनकी नाव, अलर्ट, बहुत मशहूर थी।

The island traders bore an evil reputation along the waterfront.

आइलैंड के व्यापारियों की वॉटरफ्रंट के आस-पास बुरी इमेज थी।

The ship was owned by a curious group of half-castes.

जहाज़ का मालिक हाफ-कास्ट के एक अजीब ग्रुप का था।

Frequent meetings and night trips to the woods attracted curiosity.

बार-बार होने वाली मीटिंग्स और रात में जंगल में घूमने से लोगों में उत्सुकता पैदा हुई।

The ship had set sail in great haste on March 1st.

जहाज़ 1 मार्च को बहुत जल्दी में रवाना हुआ था।

Just after the storm, and the earth tremors that night.

उस रात तूफ़ान और धरती के कंपन के ठीक बाद।

Our Auckland correspondent gives the Emma excellent reputation.
हमारे ऑकलैंड संवाददाता एम्मा को बहुत अच्छी प्रतिष्ठा देते हैं।

The Crew from the Emma were held very in high regard.
एम्मा के क्रू को बहुत सम्मान दिया जाता था।

And Johansen is described as a sober and worthy man.
और जोहानसन को एक शांत और योग्य व्यक्ति बताया गया है।

The admiralty will institute an inquiry on the whole matter.
एडमिरल्टी पूरे मामले की जांच शुरू करेगी।

Starting tomorrow they will collect all relevant information.
कल से वे सारी ज़रूरी जानकारी इकट्ठा करेंगे।

Every effort will be made to induce Johansen to speak.
जोहानसन को बोलने के लिए मनाने की पूरी कोशिश की जाएगी।

This and the hellish image were all the information I had to go on.
यह और वह भयानक तस्वीर, यही सारी जानकारी थी जो मुझे आगे बढ़ानी थी।

But what a train of ideas that little information started in my mind!
लेकिन उस छोटी सी जानकारी से मेरे दिमाग में कितने सारे आइडिया आने लगे!

Here were new treasuries of data on the Cthulhu Cult.
यहां कथुलु कल्ट पर डेटा का नया खजाना था।

The cult not only had interests on land.
इस पंथ का हित सिर्फ़ ज़मीन पर ही नहीं था।

Now there was evidence they also had connections to the sea.

अब इस बात के सबूत थे कि उनका समुद्र से भी कनेक्शन था।

What motive prompted the hybrid crew to order back the

Emma?
हाइब्रिड क्रू को एम्मा वापस ऑर्डर करने के लिए किस वजह से प्रेरित किया?

Why did they sail about with their hideous idol?
वे अपनी भयानक मूर्ति के साथ क्यों घूम रहे थे?

What was the unknown island on which six of the Emma's

crew had died?
वह अनजान द्वीप कौन सा था जिस पर एम्मा के क्रू के छह लोग मारे गए थे?

And why was Johansen so secretive about their death?
और जोहानसन उनकी मौत को इतना सीक्रेट क्यों रख रहा था?

What had the vice-admiralty's investigation brought out?
वाइस एडमिरल्टी की जांच से क्या पता चला?

And what was known of the noxious cult in Dunedin?
और डुनेडिन में उस खतरनाक पंथ के बारे में क्या पता था?

Nor could one help but marvel at the timing of the events.
न ही कोई इन घटनाओं के समय पर हैरान हुए बिना रह सका।

There was a deep and more than natural linkage between

the dates.
तारीखों के बीच गहरा और नैचुरल से भी ज़्यादा जुड़ाव था।

A malign and now undeniable significance to the various

turns of events.
घटनाओं के अलग-अलग मोड़ों के लिए एक बुरा और अब साफ़ तौर पर ज़रूरी
महत्व।

***

My uncle had noted with great care the connecting events.

मेरे चाचा ने जुड़ी हुई घटनाओं को बहुत ध्यान से नोट किया था।

On March 1st the earthquake and storm had come.
1 मार्च को भूकंप और तूफान आया था।

February 28th, according to the International Date Line.
इंटरनेशनल डेट लाइन के अनुसार, 28 फरवरी।

From Dunedin the noisome crew of the Alert darted eagerly

forth.
डुनेडिन से अलर्ट का शोर मचाने वाला क्रू उत्सुकता से आगे बढ़ा।

They moved as if they had been imperiously summoned.
वे ऐसे चल रहे थे जैसे उन्हें किसी ने ज़ोर देकर बुलाया हो।

On the other side of the earth the other events unfolded.
पृथ्वी के दूसरी ओर दूसरी घटनाएँ घटित हुईं।

Poets and artists had begun to have their strange dreams.
कवियों और कलाकारों को अजीब सपने आने लगे थे।

Dreams of a dank Cyclopean city from times long gone.
बहुत पहले के एक सीलन भरे साइक्लोपियन शहर के सपने।

A young sculptor was persuaded by these dreams too.
एक युवा मूर्तिकार भी इन सपनों से प्रभावित हुआ।

In his sleep he molded the form of the dreaded Cthulhu.
नींद में ही उसने खतरनाक कथुलु का रूप बना लिया।

On March 23rd the crew of the Emma landed on an

unknown island.
23 मार्च को एम्मा का क्रू एक अनजान आइलैंड पर उतरा।

There on that island they left six men dead.
उस द्वीप पर उन्होंने छह लोगों को मरा हुआ छोड़ दिया।

On that date the dreams of sensitive men assumed a

heightened vividness.

उस तारीख को सेंसिटिव पुरुषों के सपनों में और भी ज़्यादा चमक आ गई।

Their dreams darkened with dread of a giant monster's

malign pursuit.
एक बड़े राक्षस के बुरे पीछा करने के डर से उनके सपने काले पड़ गए।

One architect went mad from his dreams that night.
एक आर्किटेक्ट उस रात अपने सपनों से पागल हो गया।

And a sculptor had lapsed suddenly into delirium!
और एक मूर्तिकार अचानक बेहोश हो गया था!

And then there was the storm of April 2nd.
और फिर 2 अप्रैल को तूफान आया।

The date on which all dreams of the dank city ceased.
वह तारीख जिस दिन उस गंदे शहर के सारे सपने खत्म हो गए।

Wilcox emerged unharmed from the bondage of strange

fever.
विलकॉक्स अजीब बुखार की जकड़न से बिना किसी नुकसान के बाहर आ
गया।

And everything appeared to be normal again.
और सब कुछ फिर से नॉर्मल लगने लगा।

But what about the hints old Castro had suggested?
लेकिन पुराने कास्त्रो ने जो हिंट्स दिए थे, उनका क्या?

What about the sunken, star-born old ones?
डूबे हुए, सितारों में जन्मे पुराने लोगों का क्या?

What about their promised return and coming reign?
उनके वादे के मुताबिक वापसी और आने वाले राज के बारे में क्या?

What about their faithful cult and their mastery of dreams?
उनके वफादार पंथ और सपनों पर उनकी महारत के बारे में क्या?

Was I tottering on the brink of cosmic horrors?

क्या मैं कॉस्मिक हॉरर के कगार पर लड़खड़ा रहा था?

Cosmic horrors far beyond man's power to bear?
क्या ब्रह्मांडीय भयावहता इंसान की सहन शक्ति से कहीं ज़्यादा है?

If so, they must be horrors of the mind alone.
अगर ऐसा है, तो वे सिर्फ़ मन की ही डरावनी बातें होंगी।

On the second of April there was sudden coordinated calm.
2 अप्रैल को अचानक शांति छा गई।

The monstrous menace that sieged mankind's soul had

vanished.
इंसान की आत्मा को घेरने वाला भयानक खतरा गायब हो गया था।

That evening I made all necessary arrangements for onwards

travel.
उस शाम मैंने आगे की यात्रा के लिए सभी ज़रूरी इंतज़ाम कर लिए।

I bade my host adieu and took a train for San Francisco.
मैंने अपने होस्ट को अलविदा कहा और सैन फ्रांसिस्को के लिए ट्रेन पकड़ ली।

***

In less than a month I was at the port of Dunedin.
एक महीने से भी कम समय में मैं डुनेडिन बंदरगाह पर था।

Here, however, my investigation stumbled slightly.
लेकिन, यहाँ मेरी जांच थोड़ी अटक गई।

I inquired in the old sea taverns where the men had

lingered.
मैंने उन पुराने समुद्री शराबखानों में पूछा, जहां वे लोग रुके थे।

But little was known of the strange cult members.

लेकिन अजीब पंथ के सदस्यों के बारे में बहुत कम जानकारी थी।

Waterfront scum was far too common for special mention.
वॉटरफ़्रंट का कचरा इतना आम था कि उसका खास ज़िक्र नहीं किया जा सकता था।

But there was vague talk about one inland trip these

mongrels had made.
लेकिन इन कुत्तों ने एक अंदरूनी ट्रिप की थी, इस बारे में थोड़ी-बहुत बात हुई।

Faint drumming and red flames were noted on the distant

hills.
दूर पहाड़ियों पर हल्की ढोल की आवाज़ और लाल लपटें सुनाई दे रही थीं।

In Auckland I learned only a little more of Johansen.
ऑकलैंड में मैंने जोहान्सन के बारे में थोड़ा और ही जाना।

He had been taken to Sydney for the investigation.
जांच के लिए उन्हें सिडनी ले जाया गया था।

A perfunctory and inconclusive questioning turned his hair

white.
एक बिना किसी नतीजे के पूछताछ से उसके बाल सफेद हो गए।

Thereafter he sold his cottage in West Street.
इसके बाद उन्होंने वेस्ट स्ट्रीट में अपनी झोपड़ी बेच दी।

And he sailed with his wife to his old home in Oslo.
और वह अपनी पत्नी के साथ ओस्लो में अपने पुराने घर के लिए रवाना हो गए।

His experience had clearly stirred him deeply.
उनके अनुभव ने साफ़ तौर पर उन्हें अंदर तक हिला दिया था।

But he told his friends no more than he had told the

admiralty officials.

लेकिन उसने अपने दोस्तों को उतना ही बताया जितना उसने एडमिरल्टी अधिकारियों को बताया था।

And all they could do was to give me his Oslo address.
और वे बस मुझे उसका ओस्लो का पता दे पाए।

After that I went to Sydney and talked profitlessly with seamen.
उसके बाद मैं सिडनी गया और नाविकों से बिना फ़ायदे के बातें कीं।

Members of the vice-admiralty court could not enlighten me either.
वाइस एडमिरल्टी कोर्ट के सदस्य भी मुझे कुछ नहीं बता सके।

I tracked the Alert down to Circular Quay in Sydney Cove.
मैंने अलर्ट को सिडनी कोव में सर्कुलर क्वे तक ट्रैक किया।

The ship had been sold and was again in commercial use.
जहाज़ बेच दिया गया था और फिर से कमर्शियल इस्तेमाल में आ गया था।

But I could gain no further clues from the ship's cargo.
लेकिन जहाज़ के माल से मुझे कोई और सुराग नहीं मिला।

The image was preserved in the Museum at Hyde Park.
यह तस्वीर हाइड पार्क के म्यूज़ियम में सुरक्षित रखी गई थी।

The cuttlefish head, dragon body, and scaly wings.
कटलफिश का सिर, ड्रैगन का शरीर और पपड़ीदार पंख।

The monster crouching atop the hieroglyphed pedestal.
चित्रलिपि वाले आसन के ऊपर बैठा राक्षस।

I studied every detail of the idol long and well.
मैंने मूर्ति की हर डिटेल को लंबे समय तक और अच्छी तरह से स्टडी किया।

The relic was a thing of balefully exquisite workmanship.
यह अवशेष बहुत ही शानदार कारीगरी का नमूना था।

I couldn't help but notice the similarity to Legrasse's smaller specimen.

लेग्रास के छोटे नमूने से इसकी समानता देखे बिना नहीं रह सका ।

Both idols had the same utter mystery and terrible antiquity.

दोनों मूर्तियों में एक जैसा रहस्य और बहुत पुरानी चीज़ें थीं।

And both idols had the same unearthly strangeness of material.

और दोनों मूर्तियों में एक जैसी अजीब चीज़ें थीं।

Geologists, the curator told me, had found it a monstrous puzzle.

क्यूरेटर ने मुझे बताया कि जियोलॉजिस्ट्स को यह एक बहुत बड़ी पहेली लगी थी।

They insisted that the world held no rock like this one.

उन्होंने ज़ोर देकर कहा कि दुनिया में इस जैसी कोई चट्टान नहीं है।

Then I thought with a shudder of what old Castro had told Legrasse.

फिर मुझे कांपते हुए याद आया कि बूढ़े कास्त्रो ने लेग्रास से क्या कहा था ।

The tale of the primal great ones, sunken under the sea.

समुद्र में डूबे आदिम महान लोगों की कहानी।

"They had come from the stars."

"वे सितारों से आये थे।"

"They had brought their images with them."

"वे अपनी तस्वीरें अपने साथ लाए थे।"

I was shaken with a mental revolution as I had never before known.

मैं एक ऐसी मानसिक क्रांति से हिल गया था, जैसा मैंने पहले कभी नहीं देखा था।

I was now completely resolved to visit Mate Johansen in Oslo.
अब मैं ओस्लो में मेट जोहानसन से मिलने का पूरा मन बना चुका था।

Sailing for London, I re-embarked at once for the Norwegian capital.
लंदन के लिए रवाना होने के बाद, मैं तुरंत नॉर्वे की राजधानी के लिए वापस रवाना हो गया।

And one autumn day I landed at the wharves.
और एक पतझड़ के दिन मैं घाट पर उतरा।

***

Johansen's hometown was in the shadow of the Egeberg.
जोहानसन का होमटाउन एगेबर्ग की छाया में था।

I discovered he lived in the Old Town of King Harold Haardrada.
मुझे पता चला कि वह किंग हेरोल्ड हार्डराडा के पुराने शहर में रहते थे।

For centuries the greater city had masqueraded as "Christiania".
सदियों तक यह बड़ा शहर "क्रिश्चियानिया" के नाम से जाना जाता रहा।

King Harald Hardrada kept alive the name of Oslo.
राजा हेराल्ड हार्डराडा ने ओस्लो का नाम जीवित रखा।

I made the brief trip to his residences by taxicab.
मैं टैक्सी से उनके घर तक छोटी सी यात्रा पर गया।

A neat and ancient building with plastered front.

प्लास्टर किया हुआ सामने का हिस्सा वाली एक साफ़-सुथरी और पुरानी इमारत।

And I knocked with palpitant heart at the door.
और मैंने धड़कते दिल से दरवाज़े पर दस्तक दी।

A sad-faced woman in black answered my summons.
काले रंग के कपड़ों में एक उदास चेहरे वाली महिला ने मेरे बुलावे का जवाब दिया।

I was stung with disappointment at the sight.
यह नज़ारा देखकर मुझे निराशा हुई।

She told me in halting English that Gustaf Johansen was no more.
उन्होंने मुझे अटक-अटक कर अंग्रेजी में बताया कि गुस्ताफ जोहानसन अब नहीं रहे।

He had not long survived his return, said his wife.
उनकी पत्नी ने कहा कि वह वापस आने के बाद ज़्यादा दिन तक ज़िंदा नहीं रह पाए।

The doings at sea in 1925 had broken him.
1925 में समुद्र में हुई घटनाओं ने उन्हें तोड़ दिया था।

He had told her no more than he had told the public.
उन्होंने उसे उतना ही बताया जितना उन्होंने जनता को बताया था।

But he had left a long manuscript of "technical matters".
लेकिन उन्होंने "टेक्निकल मामलों" की एक लंबी मैन्युस्क्रिप्ट छोड़ दी थी।

These notes of the voyage had been written in English.
यात्रा के ये नोट्स अंग्रेजी में लिखे गए थे।

Evidently in order to safeguard her from the peril of casual perusal.
ज़ाहिर है, उसे कैजुअल पढ़ने के खतरे से बचाने के लिए।

He had gone for a walk through a narrow lane near the
Gothenburg dock.
वह गोथेनबर्ग डॉक के पास एक पतली गली से टहलने गया था।

A bundle of papers falling from an attic window had
knocked him down.
अटारी की खिड़की से कागज़ों का एक बंडल गिरने से वह गिर गया।

Two Lascar sailors at once helped him to his feet.
दो लस्कर नाविकों ने तुरंत उसे खड़े होने में मदद की।

But before the ambulance could reach him he was dead.
लेकिन इससे पहले कि एम्बुलेंस उस तक पहुंच पाती, उसकी मौत हो चुकी थी।

The physicians found no adequate cause for his death.
डॉक्टरों को उसकी मौत का कोई सही कारण नहीं मिला।

They mostly attributed his death to heart trouble.
उन्होंने ज़्यादातर उनकी मौत का कारण दिल की बीमारी बताया।

But they added his weakened constitution most likely
contributed.
लेकिन उन्होंने यह भी कहा कि शायद उनके कमज़ोर शरीर की वजह से ऐसा
हुआ।

I now felt a deep gnawing at my vitals.
अब मुझे अपने शरीर के अंगों में गहरी चुभन महसूस हो रही थी।

A dark terror which will never leave me till I, too, am at rest.
एक गहरा डर जो मुझे तब तक नहीं छोड़ेगा जब तक मैं भी आराम नहीं कर
लेता।

Whether my death will come "accidentally" or not I can't tell.
मेरी मौत "गलती से" होगी या नहीं, मैं नहीं बता सकता।

I spoke to the widow about her husband's work.

मैंने विधवा से उसके पति के काम के बारे में बात की।

And I persuaded her I had a "technical" connection to him.
और मैंने उसे यकीन दिलाया कि मेरा उससे "टेक्निकल" कनेक्शन है।

So she felt I was sufficiently entitled to the manuscript.
इसलिए उन्हें लगा कि मैं मैन्युस्क्रिप्ट का पूरा हकदार हूँ।

And so I attained the dead man's writing.
और इस तरह मुझे मरे हुए आदमी की लिखावट मिल गई।

I began to read the documents on the boat to London.
मैंने लंदन जाने वाली नाव पर डॉक्यूमेंट्स पढ़ना शुरू किया।

They were little more than simple, rambling notes.
वे साधारण, बेतरतीब नोट्स से ज़्यादा कुछ नहीं थे।

A naive sailor's effort at a post-facto diary.
एक भोले नाविक की पोस्ट-फैक्टो डायरी बनाने की कोशिश।

He strove to recall that last awful voyage day by day.
वह हर दिन उस आखिरी भयानक यात्रा को याद करने की कोशिश करता था।

I cannot attempt to transcribe his notes verbatim.
मैं उनके नोट्स को हूबहू लिखने की कोशिश नहीं कर सकता।

The manuscript is clouded with vagueness and redundance.
मैन्युस्क्रिप्ट में अस्पष्टता और फालतू बातें भरी हुई हैं।

But I will tell the gist of what he wrote.
लेकिन मैं आपको बताऊंगा कि उन्होंने क्या लिखा।

Perhaps then you will understand why I stuffed my ears
with cotton.
शायद तब आप समझ जाएंगे कि मैंने अपने कानों में रूई क्यों भरी थी।

The sound of the water against the vessel's sides became
unendurable.

जहाज़ के किनारों से पानी की आवाज़ बर्दाश्त के बाहर हो गई।

***

Johansen, thank God, did not quite know what he had seen.
भगवान का शुक्र है कि जोहानसन को ठीक से पता नहीं था कि उसने क्या देखा था।

But it is evident he had seen the city and the Thing.
लेकिन यह साफ़ है कि उसने शहर और उस चीज़ को देखा था।

I shall never sleep calmly again when I think of the horrors.
जब मैं उन भयानक घटनाओं के बारे में सोचता हूँ तो मैं फिर कभी चैन से नहीं सो पाता।

The horrors that lurk ceaselessly behind life in time and space.
समय और जगह में जीवन के पीछे लगातार छिपी हुई डरावनी चीज़ें।

Those unhallowed blasphemies that come from elder stars.
वे अपवित्र ईशनिंदाएँ जो बड़े सितारों से आती हैं।

Dreamers beneath the sea known only by a nightmare cult.
समुद्र के नीचे सपने देखने वाले लोग जिन्हें सिर्फ़ बुरे सपने देखने वाले पंथ से ही जाना जाता है।

A cult ready and eager to release these monsters into the world.
एक कल्ट जो इन मॉन्स्टर्स को दुनिया में लाने के लिए तैयार और उत्सुक है।

Whenever another earthquake raises their monstrous stone city again.
जब भी कोई दूसरा भूकंप आता है तो उनका विशाल पत्थर का शहर फिर से खड़ा हो जाता है।

When Cthulhu is under the light of the sun once more.
जब क्थुलु एक बार फिर सूरज की रोशनी में होगा।

Johansen's voyage had begun just as he told it to the vice-
admiralty.
जोहान्सन की यात्रा ठीक वैसे ही शुरू हुई थी जैसा उन्होंने वाइस-एडमिरल्टी को
बताया था।

The Emma, in ballast, had cleared Auckland on February
20th.
एम्मा, बैलास्ट में, 20 फरवरी को ऑकलैंड से निकल गया था।

The ship had felt the full force of that earthquake-born
tempest.
जहाज़ ने भूकंप से पैदा हुए उस तूफ़ान की पूरी ताकत महसूस की थी।

The horrors from the sea-bottom that filled men's dreams.
समुद्र के नीचे की डरावनी चीज़ें जो इंसानों के सपनों में भर गईं।

Once under control again the ship was making good
progress.
एक बार फिर कंट्रोल में आने के बाद जहाज़ अच्छी तरक्की कर रहा था।

But then the ship was held up by the Alert on March 22nd.
लेकिन फिर 22 मार्च को अलर्ट की वजह से जहाज़ रुक गया।

I could feel the mate's regret as he wrote of her
bombardment and sinking.
मैं उसके साथी का अफ़सोस महसूस कर सकता था जब वह उसके बमबारी
और डूबने के बारे में लिख रहा था।

Of the swarthy cult-fiends on the other boat he speaks with
horror.

दूसरी नाव पर मौजूद काले रंग के शैतानों के बारे में वह डर के मारे बात करता है।

There was some peculiarly abominable quality about them.
उनमें कुछ अजीब सी बुरी बात थी।

Something made their destruction seem almost a duty.
किसी चीज़ ने उन्हें नष्ट करना लगभग एक ड्यूटी जैसा बना दिया।

This point was brought up during the proceedings of the court of inquiry.
यह बात कोर्ट ऑफ़ इन्क्वायरी की कार्रवाई के दौरान उठाई गई।

Johansen shows ingenuous wonder at the accusation of ruthlessness.
जोहानसन बेरहमी के आरोप पर हैरानी जताते हैं।

Curiosity is what drove the men on in their captured yacht.
जिज्ञासा ही थी जिसने उन लोगों को अपनी पकड़ी हुई यॉट में आगे बढ़ने के लिए प्रेरित किया।

Sticking out of the sea the men sighted a great stone pillar.
समुद्र से बाहर निकले हुए लोगों ने एक बड़ा पत्थर का खंभा देखा।

In South Latitude 47° 9', West Longitude 126° 43' they come upon a coastline.
साउथ लैटीट्यूड 47° 9', वेस्ट लॉन्गीट्यूड 126° 43' पर वे एक कोस्टलाइन पर आते हैं।

The coastline was of mingled mud, ooze, and weedy Cyclopean masonry.
समुद्र तट पर कीचड़, कीचड़ और जंगली साइक्लोपियन चिनाई मिली हुई थी।

Nothing less than the tangible substance of earth's supreme terror.

धरती के सबसे बड़े डर के असली रूप से कम कुछ नहीं।

They had come across the nightmare corpse-city of R'lyeh.
आर'ल्येह के बुरे सपने जैसे लाशों वाले शहर में आ गए थे ।

A city built in measureless eons behind history.
इतिहास में अनगिनत युगों में बना एक शहर।

Monuments to vast loathsome shapes that seeped down
from the dark stars.
अंधेरे तारों से रिसकर नीचे आने वाली बड़ी-बड़ी घिनौनी आकृतियों के स्मारक।

There lay great Cthulhu and his hordes for incalculable
cycles.
वहाँ महान कथुलु और उसके सैनिक अनगिनत समय तक पड़े रहे।

Hidden in green slimy vaults, they sent out their thoughts.
हरे रंग की चिपचिपी तहखानों में छिपकर, उन्होंने अपने विचार भेजे।

The thoughts that spread fear to the dreams of the sensitive.
वे विचार जो संवेदनशील लोगों के सपनों में डर फैलाते हैं।

The thoughts that called imperiously to the faithful.
वे विचार जो विश्वासियों को अकड़कर बुलाते थे।

"Come on a pilgrimage of liberation and restoration."
"आज़ादी और बहाली की तीर्थयात्रा पर आइए।"

All this horror Johansen had no way of suspecting.
जोहानसन को इस सारे डर का अंदाज़ा नहीं था।

But God knows he had soon seen enough!
लेकिन भगवान जानता है कि उसने बहुत कुछ देख लिया था!

I suppose what they saw was only a single mountain-top.
मुझे लगता है कि उन्होंने जो देखा वह सिर्फ़ एक पहाड़ की चोटी थी।

Soon the rest of the city emerged from the waters.

जल्द ही शहर का बाकी हिस्सा पानी से बाहर आ गया।

The hideous monolith-crowned citadel where great Cthulhu

was buried.
भयानक मोनोलिथ-क्राउन वाला किला जहाँ महान कथुलु को दफ़नाया गया

था।

I shudder to think of all that may be brooding down there.
मैं यह सोचकर कांप उठता हूं कि वहां क्या-क्या हो रहा होगा।

And I almost wish to kill myself to stop these thoughts.
और इन विचारों को रोकने के लिए मैं लगभग खुद को मार डालना चाहता हूँ।

***

Johansen and his men were awed by the cosmic majesty.
जोहानसन और उसके आदमी इस कॉस्मिक शान से हैरान थे।

They beheld the sight of this dripping Babylon of elder

demons.
उन्होंने बड़े राक्षसों से भरे इस बेबीलोन को देखा।

They must have guessed without guidance what it was they

saw.
उन्होंने बिना किसी गाइडेंस के अंदाज़ा लगा लिया होगा कि उन्होंने क्या देखा।

What they saw was nothing of this or of any sane planet.
उन्होंने जो देखा वह इस ग्रह या किसी भी समझदार ग्रह का नहीं था।

The unbelievable size of the greenish stone blocks.
हरे-भरे पत्थर के ब्लॉक का अविश्वसनीय आकार।

The dizzying height of the great carven monolith.
बड़े नक्काशीदार मोनोलिथ की चक्करदार ऊंचाई।

And then there was the bas-reliefs found on the captured ship.

और फिर पकड़े गए जहाज़ पर मिली बेस-रिलीफ भी थीं।

The colossal statues mirrored the scene on the carvings.

बड़ी-बड़ी मूर्तियां नक्काशी पर बने दृश्य को दिखाती थीं।

Johansen achieved something very close to futurism.

जोहानसन ने फ्यूचरिज़्म के बहुत करीब कुछ हासिल किया।

Because he did not describe any definite structure or building.

क्योंकि उन्होंने किसी पक्की बनावट या इमारत के बारे में नहीं बताया।

He dwelled on the broad impressions of vast angles and stone surfaces.

उन्होंने बड़े एंगल और पत्थर की सतहों के बड़े इंप्रेशन पर ध्यान दिया।

Surfaces too great to belong to anything right or proper for this earth.

ये सतहें इतनी बड़ी हैं कि इस धरती के लिए सही या उचित किसी भी चीज़ से जुड़ी नहीं हैं।

Surfaces impious with horrible images and hieroglyphs.

भयानक तस्वीरों और तस्वीरों से भरी सतहें अपवित्र हैं।

There is a reason I mention his talk about angles.

एंगल्स के बारे में उनकी बात का ज़िक्र करने का एक कारण है।

It reminds me of something Wilcox had told me of his awful dreams.

यह मुझे विलकॉक्स की कही बात याद दिलाता है जो उसने मुझे अपने भयानक सपनों के बारे में बताई थी।

He had said that the geometry of the dream-place he saw
was abnormal.
उन्होंने कहा था कि उन्होंने जो सपना देखा था, उसकी ज्योमेट्री अजीब थी।

Non-Euclidean spheres unlike anything here on earth.
नॉन-यूक्लिडियन गोले, जो धरती पर किसी भी चीज़ से अलग हैं।

Loathsomely redolent dimensions completely unlike ours.
घिनौने और बदबूदार डायमेंशन, जो हमारे डायमेंशन से बिल्कुल अलग हैं।

Now a seaman was describing the exact same thing.
अब एक नाविक ठीक यही बात बता रहा था।

They bad both had the same terrible glimpse of this reality.
उन दोनों को इस सच्चाई की एक जैसी भयानक झलक मिली।

Johansen and his men landed at a sloping mud-bank.
जोहानसन और उसके आदमी एक ढलान वाले मिट्टी के किनारे पर उतरे।

And they looked up at this monstrous Acropolis.
और उन्होंने इस विशाल एक्रोपोलिस को देखा।

They clambered slippery up over titan oozy blocks.
वे टाइटैनिक ऊज़ी ब्लॉक्स पर फिसलते हुए चढ़ गए।

Blocks which could have been no mortal staircase.
ऐसे ब्लॉक जो कोई असली सीढ़ी नहीं हो सकते थे।

The very sun of heaven seemed distorted in this mist.
इस धुंध में स्वर्ग का सूर्य भी विकृत लग रहा था।

A polarizing miasma welling out from this sea-soaked
perversion.
इस समुद्र में डूबी हुई गड़बड़ी से एक अलग तरह का माहौल बन रहा है।

Twisted menace and suspense lurked in those elusive rocks.
उन मुश्किल चट्टानों में अजीब सा खतरा और सस्पेंस छिपा था।

A second glance showed concavity where the first showed
convexity.
दूसरी नज़र में कॉन्केविटी दिखी, जबकि पहली नज़र में कॉन्वेक्सिटी दिखी थी।

Something very like fright had come over all the explorers.
सभी खोजकर्ताओं पर डर जैसा कुछ छा गया था।

Each man would have fled had he not feared the scorn of the
others.
अगर हर आदमी को दूसरों की बुराई का डर न होता तो वह भाग जाता।

And it was only half-heartedly that they vainly searched.
और उन्होंने आधे-अधूरे मन से बेकार में खोज की।

They were looking for some portable souvenir to bear away.
वे अपने साथ ले जाने के लिए कोई पोर्टेबल यादगार चीज़ ढूंढ रहे थे।

It was Rodriguez, the Portuguese, who climbed up the foot
of the monolith.
पुर्तगाली रोड्रिगेज ही मोनोलिथ के नीचे चढ़े थे।

From there he shouted of what he had found.
वहां से उसने चिल्लाकर बताया कि उसे क्या मिला है।

The rest followed him to the foot of the monolith.
बाकी लोग उसके पीछे मोनोलिथ के नीचे तक चले गए।

They looked curiously at the immense door in front of them.
वे उत्सुकता से अपने सामने बड़े दरवाज़े को देखने लगे।

The now familiar squid-dragon was carved on the door.
अब जाना-पहचाना स्क्विड-ड्रैगन दरवाज़े पर बना हुआ था।

It was, Johansen said, like a great barn-door.
जोहानसन ने कहा, यह एक बड़े खलिहान के दरवाज़े जैसा था।

Although they said it only gave the impression of a door.

हालांकि उन्होंने कहा कि इससे केवल दरवाज़े का आभास होता है।

They could not decide if the door lay flat like a trap-door.
वे तय नहीं कर पा रहे थे कि दरवाज़ा ट्रैप-डोर की तरह सपाट है या नहीं।

Or maybe the opening was slanted like an outside cellar-
door.
या शायद वह रास्ता बाहर के तहखाने के दरवाज़े की तरह तिरछा था।

As Wilcox would have said, the geometry of the place was
all wrong.
जैसा कि विलकॉक्स ने कहा था, उस जगह की ज्योमेट्री पूरी तरह से गलत थी।

One could not be sure that the sea and the ground were
horizontal.
कोई भी यह पक्का नहीं कह सकता था कि समुद्र और ज़मीन हॉरिजॉन्टल हैं।

Hence the relative position of everything else seemed
phantasmally variable.
इसलिए बाकी सब चीज़ों की रिलेटिव पोज़िशन अजीब तरह से बदलती हुई लग
रही थी।

Briden pushed at the stone in several places, without result.
ब्राइडन ने पत्थर को कई जगह से धक्का दिया, लेकिन कोई नतीजा नहीं
निकला।

Then Donovan felt delicately over around the edge of the
door.
फिर डोनोवन ने धीरे से दरवाज़े के किनारे पर हाथ फेरा।

He climbed interminably along the grotesque stone
molding.
वह अजीब पत्थर की ढलाई पर लगातार चढ़ता रहा।

Although, if you could really call it climbing is debatable.

हालांकि, अगर आप इसे सच में क्लाइंबिंग कह सकते हैं तो यह बहस का मुद्दा है।

Perhaps the door was more horizontal than vertical.
शायद दरवाज़ा सीधा होने के बजाय ज़्यादा आड़ा था।

And the men wondered how any door in the universe could be so vast.
और लोग हैरान थे कि यूनिवर्स का कोई दरवाज़ा इतना बड़ा कैसे हो सकता है।

Then, very softly and slowly, something began to happen.
फिर, बहुत धीरे-धीरे कुछ होने लगा।

The acre-great panel began to give inward at the top.
एकड़-ग्रेट पैनल ऊपर से अंदर की ओर झुकने लगा।

And they saw that the door had balanced itself.
और उन्होंने देखा कि दरवाज़ा बैलेंस हो गया था।

***

Donovan somehow propelled himself back along the jamb.
डोनोवन किसी तरह खुद को चौखट के सहारे पीछे खींच लाया।

And everyone watched the queer recession of the monstrously carven portal.
और सबने उस भयानक नक्काशीदार पोर्टल की अजीब मंदी देखी।

In this fantasy of prismatic distortion it moved anomalously in a diagonal way.
प्रिज्मीय डिस्टॉर्शन की इस कल्पना में यह अजीब तरह से तिरछा घूम रहा था।

All the rules of matter and perspective seemed confused.
मैटर और पर्सपेक्टिव के सारे नियम कन्फ्यूज्ड लग रहे थे।

The aperture was black with a darkness almost material.

छेद काला था और उसमें लगभग सामान जैसा अंधेरा था।

That tenebrousness was indeed a positive quality.
वह उदासी सचमुच एक अच्छी बात थी।

The men were spared from seeing the inner walls.
पुरुषों को अंदर की दीवारें देखने से बचा लिया गया।

The darkness burst forth like smoke from its eon-long

imprisonment.
अँधेरा अपनी सदियों पुरानी कैद से धुएँ की तरह फूट पड़ा।

The sun was visibly darkened by flapping membranous

wings.
सूरज के झिल्लीदार पंख फड़फड़ाने से अंधेरा साफ़ दिख रहा था।

And the shadow slunk away into the shrunken and gibbous

sky.
और परछाई सिकुड़े हुए और गोल-गोल आसमान में गायब हो गई।

The odor arising from the newly opened depths was

intolerable.
नई खुली हुई गहराई से आने वाली बदबू बर्दाश्त के बाहर थी।

The quick-eared Hawkins thought he heard a nasty,

slopping sound.
तेज़ कान वाले हॉकिन्स को लगा कि उसने एक गंदी, फिसलने वाली आवाज़
सुनी है।

His ears were confirmed when It lumbered slobberingly into

sight.
उसके कानों को तब पक्का पता चला जब वह लार टपकाता हुआ नज़र आया।

Its gelatinous green immensity groped through the black

hall.

इसकी जिलेटिन जैसी हरी विशालता काले हॉल में फैल गई।

And Its ooze and smell squeezed through the angled door.
और उसका रिसाव और गंध तिरछे दरवाज़े से अंदर आ रहा था।

The Thing went into the tainted air of that poison city of
madness.
वह चीज़ उस पागलपन के ज़हरीले शहर की गंदी हवा में चली गई।

Poor Johansen's handwriting almost gave out when he wrote
of this.
बेचारे जोहानसन की हैंडराइटिंग तो जैसे खराब हो गई थी जब उन्होंने इसके बारे
में लिखा।

He thinks two men perished of pure fright in that accursed
instant.
वह सोचता है कि उस भयानक पल में दो आदमी डर के मारे मर गए।

The Thing cannot be described with our language.
चीज़ को हमारी भाषा से बताया नहीं जा सकता।

There are no words for such abysms of shrieking and
immemorial lunacy.
चीख-पुकार और पागलपन की ऐसी गहराई के लिए शब्द नहीं हैं।

Eldritch contradictions of all matter, force, and cosmic order.
सभी मैटर, फोर्स और कॉस्मिक ऑर्डर के एल्ड्रिच कॉन्ट्राडिक्शन।

A mountain that walked and stumbled on the earth. God!
एक पहाड़ जो धरती पर चला और ठोकर खाई। हे भगवान!

No wonder that across the earth a great architect went mad.
इसमें कोई आश्चर्य नहीं कि पूरी दुनिया में एक महान आर्किटेक्ट पागल हो
गया।

No wonder poor Wilcox raved with fever in that telepathic
instant.

कोई हैरानी नहीं कि बेचारे विलकॉक्स को उस टेलीपैथिक पल में बुखार चढ़ गया।

The green, sticky spawn of the stars, was walking the earth.
तारों का हरा, चिपचिपा पौधा धरती पर चल रहा था।

The Thing of the idols had awaked to claim his own.
मूर्तियों वाली चीज़ अपना दावा करने के लिए जाग गई थी।

The stars were aligned again, as was predicted.
जैसा कि अनुमान था, सितारे फिर से एक सीध में आ गए।

An age-old cult had failed in their duties.
एक पुराना पंथ अपने काम में फेल हो गया था।

And a band of innocent sailors fulfilled their role by accident.
और मासूम नाविकों के एक ग्रुप ने गलती से अपना रोल पूरा कर लिया।

After vigintillions of years great Cthulhu was loose again.
लाखों साल की निगरानी के बाद महान कथुलु फिर से आज़ाद हो गया।

And now great Cthulhu was ravening for delight.
और अब महान कुथुलु खुशी के लिए तरस रहा था।

Three men were swept up by the flabby claws before anybody turned.
इससे पहले कि कोई मुड़ता, तीन आदमी ढीले पंजों की चपेट में आ गए।

God rest them, if there be any rest in the universe.
अगर दुनिया में कहीं शांति है तो भगवान उन्हें शांति दे।

Let it be known that their names were Donovan, Guerrera and Angstrom.
बता दें कि उनके नाम डोनोवन, गुएरेरा और एंगस्ट्रॉम थे।

Parker slipped as he was trying to make his escape.

पार्कर भागने की कोशिश में फिसल गया।

The other three were plunging frenziedly back to the boat.
बाकी तीन लोग पागलों की तरह नाव की ओर वापस जा रहे थे।

They ran over endless vistas of green-crusted rock.
वे हरी-भरी चट्टानों के अंतहीन नज़ारों पर दौड़े।

Johansen swears he was swallowed up by an angle of

masonry.
जोहानसन कसम खाता है कि उसे चिनाई के एक कोने ने निगल लिया था।

An angle which shouldn't have been there.
एक ऐसा एंगल जो वहां नहीं होना चाहिए था।

An angle which was acute, but behaved as if it were obtuse.
एक एंगल जो न्यून था, लेकिन ऐसा बर्ताव कर रहा था जैसे कि वह अधिक
कोण हो।

Only Briden and Johansen made it back to the boat.
केवल ब्राइडेन और जोहानसन ही नाव पर वापस आ पाए।

The two men had a moment of good fortune.
दोनों आदमियों के लिए यह एक अच्छा पल था।

The mountainous monstrosity flopped down on the slimy

stones.
पहाड़ी जैसी भयानक चीज़ चिपचिपे पत्थरों पर गिर पड़ी।

And the beast hesitated floundering at the edge of the water.
और जानवर पानी के किनारे पर लड़खड़ाता हुआ हिचकिचा रहा था।

The steam boat had not entirely run out of hot coals.
स्टीम बोट में गर्म कोयले पूरी तरह से खत्म नहीं हुए थे।

Despite the departure of all men for the shore.
सभी लोगों के किनारे की ओर चले जाने के बावजूद।

Feverishly the two men rushed up and down between wheels.

दोनों आदमी तेज़ी से पहियों के बीच ऊपर-नीचे दौड़ रहे थे।

It was the work of only a few moments to get the engine going.

इंजन को चालू करने में बस कुछ ही पल लगे।

Amidst the distorted horrors of that indescribable scene.

उस अजीब से भयानक सीन के बीच।

Slowly their boat began to churn the lethal waters beneath her.

धीरे-धीरे उनकी नाव उसके नीचे खतरनाक पानी में मथने लगी।

And they moved along the masonry of that charnel shore.

और वे उस शमशान किनारे की चिनाई के साथ आगे बढ़े।

That strange coastline that was not from this world.

वह अजीब समुद्र तट जो इस दुनिया से नहीं था।

***

The titan Thing from the stars slavered and gibbered.

सितारों से आई टाइटन चीज़ लार टपकाती और बड़बड़ाती रही।

Like Polypheme cursing the fleeing ship of Odysseus.

जैसे पॉलीफेम ओडीसियस के भागते हुए जहाज़ को कोस रहा हो।

Then great Cthulhu slid greasily into the water.

फिर महान कुथुलु पानी में फिसल गया।

Bolder and more daring than the storied Cyclops.

मशहूर साइक्लोप्स से ज़्यादा बोल्ड और हिम्मतवाला।

Cthulhu pursued them through the water with cosmic movement.

कुथुलु ने कॉस्मिक मूवमेंट के साथ पानी में उनका पीछा किया।

Briden looked back from the ship and started laughing shrilly.

ब्राइडन ने जहाज से पीछे मुड़कर देखा और ज़ोर से हंसने लगा।

From that moment Briden continued laughing at odd intervals.

उस पल से ब्राइडन बीच-बीच में हंसता रहा।

But Johansen had not given up yet.

लेकिन जोहानसन ने अभी भी हार नहीं मानी थी।

He knew his ship had no chance of outpacing the thing.

वह जानता था कि उसके जहाज़ के पास उस चीज़ से आगे निकलने का कोई मौका नहीं है।

So he resolved on taking a desperate chance.

इसलिए उसने एक मुश्किल मौका लेने का फैसला किया।

He loaded the furnace and set the engine for full speed.

उसने फर्नेस लोड की और इंजन को फुल स्पीड पर सेट किया।

And then he ran lightning-like on deck and reversed the wheel.

और फिर वह बिजली की तरह डेक पर दौड़ा और पहिया उलट दिया।

There was a mighty eddying and foaming in the noisome brine.

गंदे नमकीन पानी में बहुत तेज़ लहरें और झाग बन रहे थे।

The steam mounted higher and higher into the sky.

भाप आसमान में और ऊपर उठती गई।

And the brave Norwegian reversed the course of the chase.
और बहादुर नॉर्वेजियन ने पीछा करने का रास्ता बदल दिया।

Before him rose the unclean froth like the stern of a demon
galleon.
उसके सामने एक गंदा झाग उठ रहा था, जैसे किसी शैतानी नाव का पिछला हिस्सा।

He drove his vessel head on against the pursuing jelly.
उसने अपनी गाड़ी को पीछा कर रही जेली के सामने ले गया।

The awful squid-head came nearly up to the yacht's
bowsprit.
भयानक स्क्विड-हेड लगभग यॉट के बोस्प्रिट तक आ गया था।

But Johansen drove on relentlessly against the writhing
feelers.
लेकिन जोहानसन लगातार आगे बढ़ता रहा, लेकिन उसे कोई नुकसान नहीं हुआ।

There was a bursting as of an exploding bladder.
ब्लैडर फटने जैसा कुछ हुआ।

There was a slushy nastiness as of a cloven sunfish.
वहाँ एक फटी हुई सनफ़िश जैसी गंदी गंदगी थी।

There was a stench as of a thousand opened graves.
वहां एक हजार खुली कब्रों जैसी बदबू थी।

And there was a sound the chronicler did not put on paper.
और एक ऐसी आवाज़ थी जिसे इतिहासकार ने कागज़ पर नहीं लिखा था।

For an instant the ship was befouled by an acrid cloud.
एक पल के लिए जहाज़ तीखे बादल से घिर गया।

The green cloud blinded Johansen and the mad man.

हरे बादल ने जोहान्सन और पागल आदमी को अंधा कर दिया।

And then there was only a venomous seething astern.
और फिर पीछे सिर्फ़ एक ज़हरीला खौलता हुआ हिस्सा था।

But God in heaven! What the two men saw next;
लेकिन स्वर्ग में परमेश्वर! दोनों पुरुषों ने इसके बाद क्या देखा;

The scattered plasticity of that nameless sky-spawn.
उस गुमनाम आसमानी चीज़ की बिखरी हुई प्लास्टिसिटी।

The injured thing was nebulously recombining.
घायल चीज़ धुंधली तरह से ठीक हो रही थी।

Soon Cthulhu would be back in its hateful original form.
जल्द ही कुथुलु अपने नफ़रत भरे असली रूप में वापस आ जाएगा।

But their distance was widening with every second.
लेकिन हर सेकंड के साथ उनकी दूरी बढ़ती जा रही थी।

The ship was gaining impetus from its mounting steam.
जहाज़ को बढ़ती भाप से गति मिल रही थी।

And eventually the cursed city was over the horizon.
और आखिरकार शापित शहर क्षितिज के पार था।

***

He did not try to navigate after their lucky escape.
किस्मत से बच निकलने के बाद उन्होंने रास्ता ढूंढने की कोशिश नहीं की।

His reaction had taken something out of his soul.
उसके रिएक्शन ने उसकी आत्मा से कुछ निकाल दिया था।

He spent his time brooding over the idol in the cabin.
उन्होंने अपना समय केबिन में मूर्ति के बारे में सोचते हुए बिताया।

He looked after the laughing maniac in the boat.

उसने नाव में हंसते हुए पागल की देखभाल की।

And he attended to a few matters such as food.
और उन्होंने खाने जैसे कुछ मामलों पर भी ध्यान दिया।

Then came the storm of April 2nd.
फिर 2 अप्रैल को तूफान आया।

On that day clouds gathered over his consciousness.
उस दिन उसकी चेतना पर बादल छा गये।

There is a sense of pure and refined delirium.
एक शुद्ध और परिष्कृत उन्माद का एहसास होता है।

Spectral whirling through liquid gulfs of infinity.
अनंत की लिक्विड खाड़ी में घूमता हुआ स्पेक्ट्रल।

Dizzying rides through reeling universes on a comet's tail.
एक कॉमेट की पूंछ पर चक्कर लगाते हुए ब्रह्मांडों में चक्कर लगाता है।

Hysterical plunges from the pit to the moon.
गड्ढे से चाँद तक हिस्टीरिकल डुबकी।

And he plunged back again from the moon to the pit.
और वह फिर से चाँद से गड्ढे में गिर गया।

A cachinnating chorus of the distorted, hilarious elder gods.
बिगड़े हुए, मज़ेदार बड़े देवताओं का एक मज़ेदार कोरस।

And the green bat-winged mocking imps of Tartarus.
और टार्टरस के हरे चमगादड़ जैसे पंखों वाले मज़ाकिया शैतान।

Out of that dream came rescue; the ship Vigilant.
उस सपने से बचाव आया; जहाज विजिलेंट।

The vice-admiralty court and the streets of Dunedin.
वाइस-एडमिरल्टी कोर्ट और डुनेडिन की सड़कें।

The long voyage back home to the old house by the Egeberg.
एगेबर्ग के किनारे पुराने घर तक लंबी यात्रा।

He could not tell anyone of what he had seen.
वह किसी को यह नहीं बता सका कि उसने क्या देखा था।

Had he told the truth they would have thought he had gone
mad.
अगर उसने सच बताया होता तो वे सोचते कि वह पागल हो गया है।

So he secretly wrote of what he knew before death came.
इसलिए मौत आने से पहले उसने चुपके से वह सब लिखा जो वह जानता था।

"Death would be a boon if only it could blot out the
memories."
"मौत एक वरदान होगी अगर वह यादों को मिटा सके।"

That was the document Johansen left behind.
यह वह डॉक्यूमेंट था जो जोहानसन ने छोड़ा था।

And now I have placed this document in the tin box.
और अब मैंने इस डॉक्यूमेंट को टिन के डिब्बे में रख दिया है।

In the box is also the dream carved bas-relief.
बॉक्स में सपनों की नक्काशीदार बेस-रिलीफ भी है।

And I have included the papers of Professor Angell.
और मैंने प्रोफेसर एंजेल के पेपर्स भी शामिल किए हैं।

With this box shall go this record of mine.
इस बॉक्स के साथ मेरा यह रिकॉर्ड भी जाएगा।

These notes have become a test of my own sanity.
ये नोट्स मेरी समझदारी का टेस्ट बन गए हैं।

But I hope my discoveries are never be pieced together
again.
लेकिन मुझे उम्मीद है कि मेरी खोजों को फिर कभी जोड़ा नहीं जा सकेगा।

I have looked upon all that the universe has to hold of horror.

मैंने ब्रह्मांड में मौजूद डरावनी चीज़ों को देखा है।

But now even the skies of spring are darkness to me.
लेकिन अब तो वसंत का आसमान भी मेरे लिए अंधेरा है।

Even the flowers of summer are forever poison to me.
गर्मियों के फूल भी मेरे लिए हमेशा ज़हरीले होते हैं।

But I do not think my life will be long.
लेकिन मुझे नहीं लगता कि मेरी ज़िंदगी लंबी होगी।

As my uncle went, so shall my end come.
जैसे मेरे चाचा गए, वैसे ही मेरा अंत भी होगा।

As poor Johansen went, so shall my time come.
जैसे बेचारा जोहानसन गया, वैसे ही मेरा समय भी आएगा।

I know too much, and the cult still lives.
मैं बहुत कुछ जानता हूं, और यह पंथ अभी भी जीवित है।

Cthulhu still lives, too, I can only suppose.
मैं तो यही मान सकता हूँ कि कुथुलु अभी भी जीवित है।

I assume Cthulhu is again in that chasm of stone.
मुझे लगता है कि कथुलु फिर से पत्थर की उस खाई में है।

The city which has shielded him since the sun was young.
वह शहर जिसने सूरज के जवान होने से ही उसकी रक्षा की है।

I know his accursed city is sunken once more.
मुझे पता है कि उसका शापित शहर एक बार फिर डूब गया है।

The crew of the Vigilant sailed over the spot after the April storm.

अप्रैल में आए तूफान के बाद विजिलेंट का क्रू उस जगह के ऊपर से गुज़रा।

But his ministers on earth still worship his return.

लेकिन धरती पर उसके मंत्री अब भी उसकी वापसी की पूजा करते हैं।

In lonely places they congregate around their idol.
सुनसान जगहों पर वे अपनी मूर्ति के चारों ओर इकट्ठा होते हैं।

And they bellow and prance and slay in satanic ritual.
और वे शैतानी रस्मों में चिल्लाते, उछलते और मारते हैं।

He must have been trapped by the sinking of his black

abyss.
वह ज़रूर अपनी काली खाई के डूबने से फंस गया होगा।

Or else the world would by now be screaming with fright

and frenzy.
वरना अब तक दुनिया डर और पागलपन से चीख रही होती।

Who knows how the end will come about?
कौन जानता है कि अंत कैसे होगा?

What has risen may sink, and what has sunk may rise.
जो ऊपर उठा है वह डूब सकता है, और जो नीचे डूबा है वह ऊपर उठ सकता है।

Loathsomeness waits and dreams in the deep.
घिनौनापन गहराई में इंतज़ार करता है और सपने देखता है।

And decay spreads over the tottering cities of men.
और इंसानों के डगमगाते शहरों में बर्बादी फैल जाती है।

A time will come where that city rises out the sea again.
एक समय आएगा जब वह शहर फिर से समुद्र से बाहर निकलेगा।

But I must not think about when that day will come!
लेकिन मुझे यह नहीं सोचना चाहिए कि वह दिन कब आएगा!

I have one prayer if this manuscript outlives me.
मेरी एक प्रार्थना है कि अगर यह मैन्युस्क्रिप्ट मुझसे ज़्यादा समय तक ज़िंदा रहे।

I pray my executors put caution before audacity.

मैं प्रार्थना करता हूँ कि मेरे एग्जीक्यूटर हिम्मत से पहले सावधानी बरतें।

I pray this manuscript meets no other eyes.
मैं प्रार्थना करता हूँ कि यह मैन्युस्क्रिप्ट किसी और की नज़र में न आए।

***

Found among the papers of the late Francis Wayland

Thurston, of Boston.
बोस्टन के स्वर्गीय फ्रांसिस वेलैंड थर्स्टन के कागज़ों में मिला।